召喚師物語
亞澈篇
鳥巢
NOVEL
ILLUST
RURU

宅屬性的大學副教授，擅長召喚學。他很怕麻煩卻總碰上麻煩事，老是被自家惡魔女僕氣得跳腳。雖然看似是個沒有威嚴的召喚師，但其實他是人間界裡最強的「喚者」。

惡魔女僕，林文的使魔。喜歡惡整林文，常挑釁他人後推說都是林文指使的。

魔界中混亂之后希瓦娜的小兒子，被刻意隱藏的存在，卻被罪業會召喚到人間成為祭品。幸運的被林文和琳恩救下後，開始了他的人間學習之旅。

秘警署魔法工程學的第一把交椅，個性敢愛敢恨，見義勇為到偶爾胡作非為的地步。她深知靈竭症患者的痛苦，故對亞澈的「魔力」相當感興趣。

繼承淨世聖女名號的神族，林文的使魔。與惡魔女僕琳恩是死對頭，雙姝一見面就開打，讓林文總是遭受池魚之殃。

林文母親昔日的使魔，對林文有看顧之情的劍仙，喜歡遊歷人間。

CONTENTS

前言 005 城市的道路不適合御劍飛行！
第一章 015 召喚師的悲催午後……
第二章 063 環島旅行不需要核武器！
第三章 091 誰說我是軟弱的鹿角？
第四章 125 仙界來的電燈泡
第五章 161 隨呼即到的救援
第六章 183 林文和琳恩的過去……
第七章 207 亞里斯的算計

The summon is the source of chaos.

Preface 城市的道路不適合御劍飛行！

淡薄的書卷味從房內傳了出來，沙沙的執筆聲更是從未間斷。

琳恩雙手端著銀盤，用膝蓋稍微頂開了門，看著眼前由各式書籍所堆疊成的長城，心中是既讚嘆又感嘆……

能把這些書籍排列得如此壯觀，也是一種才能了，這可不是規規矩矩、方方正正的堆疊，這些書籍厚薄不一、大小各異，能疊得如此高聳，應該在美術館之中也算得上是當代藝術了吧？

但問題是……這些「當代藝術」最後都得由她來統一善後！想到這裡，琳恩的嘴角就不禁抽搐。

「林文——」

「這些書我等等自行會歸位。」

林文頭也不抬的繼續埋首在書堆當中。

琳恩翻了翻白眼，根據她的經驗，若他會將書籍全部歸位的話，那大概是太陽打西邊出來了，但眼下繼續跟他爭執這一點，不就顯得她的碎唸被林文料中了？

想到這裡，琳恩原本到口的話語頓時擱在喉頭了。

就在場面靜默的時候，一只薑黃色的紙鶴順著窗臺的空隙飄了進來。

明明此時沒有風，但是紙鶴的雙翅卻宛如乘著氣流降落，最後是林文用雙指輕柔的夾住了那只紙鶴，才剛一到手，紙鶴就逕行攤平開來，上面僅見用硃砂寫著四個字——「林文喚吾」。

看著這字跡，林文罕見的放下了研究工作，轉過頭看了眼掛在牆上的月曆，抓了抓頭皮，喃喃自語：「時間過這麼快，我都忘記今天是什麼日子了。」

「林文？」

琳恩眨了眨眼，驚訝混雜著好奇掩蓋過了心頭，天知道要發生什麼樣的事情才能夠把這位所羅門宅驚醒！上一次讓全臺北人逃命的大地震，殊不知林文完全不理會頭頂上被甩得跟邋鞦韆沒兩樣的吊燈，最多最多只是抱怨了句「這樣會傷眼」後……就繼續埋首研究了！

然而，眼下這位所羅門宅真的放下研究，認真的捧起了召喚書，面色正經的吟詠起召喚咒文。

「山人所域，田介之所，藉雲隱之徑，顯於形，現於境，以劍為身骨，存於縹緲之居所，二重繼名……霧洹。」

他口中每一個字都詠得字正腔圓，手中的召喚書發出白靄般的雲霧，在虛幻之中，層層疊疊交織的光影構成了複雜的立影。

在人影浮現之前，先來的是氣息——那是鋼鐵般冷冽的刺骨，雖然他們都清楚對方已經收斂了很多，但劍氣若有似無的外洩，就足以讓他們倆精神為之一振。

「霧洹……喔喔算一算，那一天是快到了沒錯。」

琳恩淡淡的笑著，她終於了解為什麼林文肯放下手邊的工作，畢竟對林文來說，霧洹是個很特別的存在。

從雲霧中現身的是一名穿著素白道袍的女孩，灰藍色的瞳孔百感交集的望向林文，她的右手持著一袋的香燭紙錢，說：「又是一年，抱歉我又來叨擾了。」

「怎麼會是叨擾，能夠見到霧洹妳，我很高興……我想母親應該也是如此。」

林文連忙搖了搖頭。

看著霧洹，腦海裡塵封的童年往事似乎又喧囂了起來，讓他的腦袋不禁開始脹痛。

「林文，別想太多，我祭拜完就走了。」

霧洹的手指高舉著按住林文的手腕，清涼的仙氣順著脈絡流入體內，舒緩了不少抑鬱。

眼看林文緊皺的眉頭鬆緩了開來，霧洹也鬆下了口氣，正要轉身離去時，林文反手抓住了霧洹的手臂。

「林文？」

「霧洹妳是要去中部祭拜的話，我有個不情之請——」

林文咬著牙，雖然他和琳恩事前已經評估過不會有任何問題，但是不能否認，他心中的那股不安始終揮散不去，特別是在和霧洹見面後，她那雙略帶歉疚的眉目，讓他想起那始終躲在一旁虎視眈眈的罪業會。

雖然可能會打擾了小倆口，但不管怎樣，能再加上一重保險總是好的。

「好，我答應。」

霧洹微微頷首，恭敬的作了個揖。她腳底的紫青鋼劍騰空的同時，身影頓時化成了一小點，如同飛矢般消失了。

看著林文對於霧洹的信任而感動的模樣，琳恩用手指捲了捲髮尾，若有所思的看向窗外那亞洲排行前幾名的商業中心。

「林文。」

「怎？」

「我好像看到了流星。」琳恩露出壞壞的微笑，「還是拖著長長的白色尾巴的那種。」

大白天的哪來的流星？

林文狐疑的看向窗外，幾乎是在眼神往外擲出的同時，他的下顎隨之無法合攏。

數百棟外表光潔氣派的商業大樓，在霧洹的飛劍經過之際，那華而不實的強化反光玻璃承受不住她御劍飛行所伴隨的劍罡，一一綻開蛛紋般的裂紋，然後灑落而下……白色的玻璃碎末在掉落的同時便被劍罡撕碎成白色粉末，遠遠看去就像是拖著長尾的流星無誤。

路過的行人紛紛仰起頭看著被突然劃開的大樓，驚奇的高舉著手機記錄眼前這壯觀的一幕。

「琳恩快攔住霧洹！再這樣下去，我就算賣掉兩個腎也賠不完的！」看著此景，林文瞪大雙眼驚恐的說著。

「呵呵，我都不知道你這麼會說笑，我若追得上御劍飛行的劍仙，那你大概就是奧運百米賽跑的紀錄者了。」琳恩掩著嘴，雙眉早就笑彎了。

「那就拜託妳在桃園之前攔截到她……」林文將臉深埋在雙掌之間，聲音嗚咽難辨：「不然我怕造成飛機失事。」

「這……不無可能。」琳恩吹了聲口哨，飛行中的飛機要是窗戶全破的話……嘖嘖，那大概會成為人類飛行史上最驚悚的一天吧。

「妳還不快去！」林文急得跳腳。

「是是，可是這樣這些當代藝術品誰來收拾？」琳恩翹起了嘴角。

「我！」林文根本無從辯駁，直接爽快的應允了。

「可是地板還沒拖，這……」

「這一個月的家事我都包下了！」林文急得像熱鍋上的螞蟻一般。

「嘖嘖……真是的，唉，女僕都不女僕了。」琳恩忍住笑意的自嘲著。

——反正主人有主人過嗎！

林文瞪直著眼看向琳恩，心中有千萬髒話卻無一能飆出口，這是人在屋簷下不得不低頭！

但……幹！這屋簷下到底是誰家的啊！林文氣到臉都紅了起來。

「既然是主人的命令，那就只好勉為其難了。」琳恩展露出千百萬個不願意的姿態來。

「還真是難為妳了。」林文感受到自己的嘴角有些僵硬。

「好說好說。」

琳恩輕拍了下林文的肩膀，腳底下傳送陣一閃動，身子就消失在林文面前。

看著再度空蕩蕩只剩他一人獨處的房間……滿山滿谷的書堆隨意的亂擺放著，連要從哪一角開始收拾都毫無頭緒。

「其實……藝術的價值就應該是要永恆吧。」深沉的無力感襲來，林文嘗試著說服自己。

一張紙條卻恰好於此時憑空閃燃了出來，上頭秀麗的字跡，一看就知道是琳恩所筆。

君子一言，四位劍仙都難追，千萬不要讓我帶著霧洹去環遊世界喔，啾咪。

相信主人是君子的女僕　筆

林文咬著牙，萬分悲痛的從腳邊隨意抽起書，開始整理了起來。什麼叫遇人不淑，他對這四個字有了全新的定義。

The summon is the source of chaos

Chap.1 召喚師的悲催午後……

陽光灑落在整座盆地內，灼熱的南風到北部也不得不低頭，些許的涼意輕柔的吹拂著，湛藍的天空幾近透明……這是臺北難得的好天氣。

微風循著樓房橋路，穿過這座水泥叢林的中央，帶動叢叢綠意擺動搖曳，掠過樹蔭下斑駁、被歲月蝕刻的題字「蒼凌大學」。

要是有人站在石柱題字旁，將視線往內遠看……

通透的玻璃鏡面巧妙的將陽光散射入周邊綠蔭的林木，林木就在道道光線穿透下閃閃動人，原先應該格格不入的原始林木和現代化建築就在光影變化中，巧妙的融為一體。

觀看者往往會先認為這是單純的設計巧思，等到眼神停駐在一棟棟大樓名銜上時，才驚嘆於這截然不同景色的調和。

召喚學大樓、魔法學大樓、魔工學中心……蒼凌大學正是亞洲少之又少，涉足到真正魔法、神秘研究的場所。

「啊～哈～」

慵懶的躺在辦公椅上，林文的眼眶微泛著淚光，受睡意所苦的打了個哈欠。

身旁的魔法計算式早已交疊錯綜了好幾面牆，就連盛裝三明治的餐盤都被他用白板筆寫滿了公式。

他看了看周圍，沒有半點人煙，就連琳恩也不知道上哪去了。

……感覺是有點不習慣，不過這才是原本他所謂的日常。

支著下巴，他淡淡的嘆息了，說起來亞澈介入他的生活也不過才一年左右，怎麼他離開不到一個月，自己就莫名感到獨處的寂寞。

這真的令人乍舌，是生物的本能在作祟嗎？翻轉著自己的手肘，他苦笑了，說起來如今這副身軀能不能用生物來定義都還不能確定。

但是……果然還是熱鬧點才好吧？

過去是有想過收幾個研究生來盡點教職的義務，但那些小鬼沒有一個可以撐過一個禮拜，問他們原因，那些小鬼竟然回答：這種夜以繼日的研究模式，他們沒有辦法。

每個人恭敬的說完之後，就光速的把門禁卡放著頭也不回的逃命去了。

……活像他的研究室會爬起來吃人一般。

林文很無奈，屢次收人屢次最後都逃奔，到最後他的研究室就變成這座研究所有名的地雷了。

有幾次走在走廊上，聽著新生向學長姐們打聽研究室的對談，都讓躲在一旁的他哭笑不得。

那是新生剛考上研究所的季節，正在紛紛打聽各個研究室的八卦。

「所以林文教授沒有收研究生嗎？」新生遙望了眼公布欄上，空白成一片很是突兀的林文教授研究室。

「有……是有啦。」學長姐們面有難色的點頭。

「難道是教授很地雷嗎？」新生遲移了片刻，這是他們心中唯一合理的解釋。

「不！林文教授是個好人。」學長姐們連忙不斷搖頭否認。

「那是？」

「嗯……林文教授他太勤奮於研究上了。」想來想去，學長姐們只能委婉的這麼說。

「這不是好事嗎？」新生完全不明白這有什麼不好，能夠跟教授一起同步研究，應該比起自己單打獨鬥還要好吧？

「嗯，咳咳……這麼說好了。」學長姐們輕拍著那些無知新生的雙肩，兩眼黯淡的說：「首先你要能夠追上林文教授的研究模式，那你就要把自己泡在研究室當中，沒有鬆懈的可能。」

「鬆懈會被延畢嗎？」新生吞了吞口水。

「不會啊。」學長姐們嘖嘖出聲，「只是當你的研究進度一直被超前，你到最後就會覺得有你沒你似乎也沒有差別了。」

「超前……應該還好吧。」新生雙眼微微發亮了起來，有人在前面替自己的研究鋪路，用膝蓋想也覺得這是天上掉下來的禮物呀！

探了眼新生閃爍的雙眸，學長姐們無不苦笑了出來。

「別傻了，超前已經是很低調的說法，林文教授根本就是召喚學的先鋒，你所研究出來的心得根本不值一提。」

「不值一提還是好事，最怕的是研究了兩年的東西，早就被林文教授在一年前就不小心發出去了。」

「那、那就研究教授沒有研究的領域啊！」新生喊聲了出來。

「啊那不就是換研究室的意思？」

所有學長姐們異口同聲的說道，讓在他們眼前的新生完全啞口無言了。

躲在柱子後的林文，只能深鎖著眉頭走回研究室。

說真的，有好幾度他鬆了口氣，至少沒有偷聽到學生們的批評，天知道他聽過多少位教授都被學生們形容得比撒旦還撒旦，也不枉費他平常沒有當掉那群學生，只是……

琳恩瞧著皺眉走進房內的林文，難得見著如此困惑不解的他，於是她好奇的問了：「大師，是什麼讓你如此煩心啊？」

「我……很沉迷於研究嗎？」林文煩悶的說著。

聽著林文的問題，琳恩先是一愣，隨即捧腹大笑了出來。

「哈哈……這下我終於懂什麼叫人貴自知了，你根本不是沉迷於研究好嗎！」

琳恩笑到下巴都有點痠了，「你根本是只為研究而活了。」

「說什麼話啊！這還不都是為了妳……」林文不滿的嘟囔著說。

「我？但我無所謂啊，反正最多就你知我知那樣子而已。」琳恩聳了聳肩，臉上是完全的不以為意。

「但我很有所謂啊！」林文垂著頭，低聲下氣的嘆息了。

「那就只好加油再努力吧！」琳恩拍著林文的肩，語重心長的說著，眼裡卻滿是笑意。

林文嘖了一聲……這種被幸災樂禍的感覺，很不爽，真的很不爽！

結果不知不覺他就這樣研究到現在，所羅門王的召喚法則都已經被他公布了五條，按照召喚學陣上的符文解析，大概最多只剩三條左右了吧？

抓了抓頭皮，林文看著掛在一旁等待主人使用的圍裙，真的研究完的話……自己到底會後悔，還是會高興呢？

連他自己也完全摸不著頭緒……

「果然是人貴自知嗎？」林文扁著嘴，深深的嘆了口氣。

悠閒的午後，沒有琳恩在旁邊鬧，也沒有亞澈他們需要照顧，結果反而不知道該做些什麼了。

整個諾大的會客室只剩下噗噗啵啵的氣泡聲，幾隻金魚在水族箱中穿梭於水草之間，看著那金魚被餵食得閃亮動人……跟自己當初買來時的狀態實在是相差甚遠……應該都是琳恩的照顧所致吧？

推開了通往後門的門扉，金黃色的陽光頓時從天空灑落到身上，感受著已經有些陌生的溫熱，林文才剛一抬腳，就又踢到了地上散落的保麗龍箱。看著保麗龍箱中的孔雀魚一陣慌亂，擾得水面漣漪不止，就讓林文苦笑了。

說起來，這些魚名義上的主人確實都是他，至少都是他買的無誤，但距離他上次看顧這些水族生物，他……幾乎都快沒印象了。

唯一有印象的大概只剩下當初買來時琳恩的調侃和取笑了。

林文還記得那時候自己蹲在地上看著那一堆水族箱的器材，完全摸不著頭緒，大概除了知道插頭的用途之外，剩下的那些水管組裝之類的知識，距離他實在太遙遠了。

好不容易七手八腳的把所有器材看似有模有樣的組裝在一起，卻在他一接通電源的當下，他就被電暈了過去。

不知過了多久，琳恩的聲音朦朦朧朧的傳入耳中。

「主人，我知道你沒有日常生活的常識，但至少請你不要亂去嘗試。」

琳恩戳著躺在地上的林文眉心，若有似無的微薄魔力將林文喚醒了過來。看著林文仍有些發麻的清醒，琳恩挖苦的取笑道：「哪有人將水族箱加熱棒塞入燈座當中的？現在是怎樣？都是棒狀物就可以插插看？」

「只能說現在的科技真是太不體貼初學者了，這麼複雜的設計，對剛入門的人來說簡直是超級不友善。」林文看著那發黑燒焦的加溫棒，忿恨的抱怨。

……是你的大腦對科技不友善吧？如果科技有人性的話，它第一件事情應該就是控訴你的白痴。琳恩在心底無奈的笑著。

「可不可以告訴我，你為什麼突然想要養魚？」琳恩瞥了一眼那些還沒入水族箱，在袋子中逃離被電死倖存下來的魚兒們，真不知道被林文照顧到是牠們的幸還是不幸……

「我想要利用使魔來組成監督網，就是那種最基礎的搜索偵查的式神，但又不想太耗費我的精神力……」林文撓了撓臉頰說著。

「所以你就想利用這些魚隻自身的精神力？賦予這些魚這麼艱難的任務，我可不可以去動保處告你啊？」琳恩玩味的說。

其實林文的做法並不罕見，多的是魔法師或召喚師利用式神締結在寵物的精神上，只是絕大多數是貓貓狗狗，再不繼也會是蝙蝠、毒蛇之類的。她還是第一次看到有人選擇了魚當作式神締結的媒介。

「……明明很多人都這麼做！隔壁棟老李的小黃、隔壁隔壁棟阿陳的小白，我只是比較標新立異選擇了魚而已——」林文嘟囔的說著，但越說眼神卻越是飄忽。

「什麼標新立異？分明是狗狗要帶去散步，貓貓會打擾你研究，想來想去就只有魚這種生物適合你這宅男一邊研究、一邊偷窺魔界聯軍的進犯吧？」琳恩一眼就看破了林文掩飾在話中的想法。

「什麼偷窺！這是必要的安全措施！這幾天人間的空間震動好幾天都沒停下

了，魔族至少又有數十名精英到來人間，如果不知情就算了，既然知道魔族和罪業會隨時都可能大戰——」林文扁了扁嘴，繼續說下去：「出面跟他們兩方打是不可能的，但義務上告知秘警署也算是仁至義盡了。」

聽完林文的說法，琳恩聳肩，雙指在空氣中彈響，魔力頓時將地上散亂的器具一一組裝了起來，其效率和正確度和林文根本不是同一個層級的。

「我有預感。」琳恩看著那些運轉無誤的器具，默默的發言。

「什麼預感？」林文好奇了。

「預感……你絕對是那種射後不理的男人，最後這群魚只好由我含辛茹苦的拉拔大。」琳恩沒好氣的說著：「結果偷窺的是你，勞心費神的卻是我，還真是便宜了你。」

看著自己的女僕那雙睥睨的眼神，林文吞了吞口水，不確定的說道：「……我想我會記得餵食的，應該不會太麻煩妳的。」

當時的琳恩聽完後只拋了個完全不信任的眼神回應。

結果現在看來……琳恩的猜測全命中了，他根本無暇照顧這群魚兒！一想到這裡，他雙手合十的對著不知身在何處的琳恩懺悔。

被各種保麗龍水箱圍困的林文，頂著和煦的陽光，他苦悶著抓了抓頭，眼下是可以回去研究室內繼續鑽研了，但是自從上次因為太久沒有照射太陽光而導致維生素過低昏厥後，他就養成習慣每隔一段時間記得出來曬曬陽光。

現在……應該還曬得不夠吧？感受著臉頰的刺熱，林文百般無聊的猜想著。

在履行醫生所叮嚀的陽光照射最低限度的他，意興闌珊的滑著手機。說起來也很可笑，一旦他進入研究狀態，就連火災警報都能充耳不聞，更何況是小小的手機鈴聲？

結果他的手機用途便從保持聯絡轉變成觀看有多少人找過自己……

「早知道如此，就不應該把上個世代的答錄機拿去文物博物館收藏了。」他感嘆道。

不過，反正現在手機也被當成答錄機用了……

林文翻找著各項聯絡未果的訊息，光是研討會和研究合作就被洗滿了好幾十頁，他也只能耐著性子看是否有重要訊息。

結果真正重要的訊息沒幾個。幾個參加的社群中，東亞妖怪專用公布欄倒是罕見的充滿著高妖氣，以往冷清的版面，如今是滿滿的留言和關注，信手點開了一個討論區，林文頓時身子一僵。

「南部七座妖村被殲滅！」

「無妖生還。」

「躲在人類都市也無濟於事！」

驚心動魄的標題聳立在螢幕上，各妖族間充滿血淚的流言讓他咬了咬嘴唇，不知道為什麼，他的直覺告訴他——這不是秘警署所為！

秘警署的確是會掃蕩妖村，但絕大多數都秉持著人類的共有原則，雷聲大，雨點小，除非真的有藏匿凶嫌，不然秘警署原則上根本不會想碰這塊灰色地帶，搞不好秘警署自己還會幫忙加強幻陣，幫忙隱藏妖村咧！

腦中還在納悶的林文，隨身攜帶的厚磚召喚書此刻卻無風自翻了起來，啪啪的莎紙聲漸弱後，翻飛的書頁停在某一頁，頁面上所描繪的是三對羽翼，密密麻麻的符文如螺旋般的排列在羽翼旁，一閃一爍的發出規律的光彩。

林文看著眼前此景，反而吞了吞口水，衝了過去，眼睛一閉把召喚書合上，擱置在一旁。

「剛剛絕對是我眼花，我沒有看到什麼光，召喚書也不曾翻頁過……」林文喃喃的催眠著自己，下定決心把剛剛所發生的一切當作沒發生過！

「不准無視我！」

一道怒吼聲，莫名的自腦中炸起，轟得林文整個人頭暈腦脹了起來。

他眼神望了一眼窗外，一隻雪白的鴿子就這樣用赤紅的雙眼緊盯著他，林文的眼神停滯了連半秒都沒有，就這樣極其自然的轉移視線。

「我突然之間雙耳失聰了啦！」他倔強的大喊著，同時跳了起來，緊摀著雙耳，逃命似的衝進研究室去。

甫一敞開門，他整個人就呆住了，整座研究室內排列整齊的群書，完全被一片雪白遮蒙住了，成群結黨的鴿群就這樣整齊有序的排列成隊，比軍隊閱兵都還要來得有秩序。

看著雪白中深邃的紅眼，點點散布宛若聖誕節綴飾般，林文深吸了口氣，直接倒退甩門轉身出去。

「你到底是有多頑固啊！」

怒氣沖沖的聲音又再次在耳內炸了開來。

「大姐……妳到底是有多堅持啊……」林文將臉深埋在掌心中哀號著。

「你！」

那聲音整個氣到語結。

「依我看，還是召喚她吧。」

猛然推開了林文客廳的門，琳恩露齒燦笑的說著，笑容歸笑容……但眼底卻有說不盡的煩躁醞釀著，仔細一看會發現她手中正纏著一大捲的水管，腳下穿的是塑膠雨鞋。

「再不召喚她，我看我們大樓就要被鴿屎淹沒了。」琳恩笑得非常燦爛，燦爛得讓林文全身毛骨悚然了起來，她眼底的殺氣一閃而過低聲的說著：「況且現在她逼你召喚的話，我就絕對可以名正言順的嗆她！把召喚師逼到三重召喚的極限，你就等著看我可以多麼理、直、氣、壯！」

「她可能不知道我召喚了霧洹，為亞澈他們暗中當保鑣的事。」林文搓了搓手掌，試圖打圓場，安撫下琳恩的怒氣。

但琳恩還是維持一派的笑而不語，甚至異常貼心的幫林文把那本厚重的召喚書塞到了他的左手上，才甜蜜如糖般的叮嚀著：「請吧……我的主人，讓客人等太久可是很失禮的，熱情款待向來都是我的座右銘。」

——我怎麼從不知道妳如此好客？

林文汗顏的看了一眼左手拿著的召喚書，又看了眼右方的琳恩，整個人天人交戰的仰望著天花板。

林文背上的冷汗宛如群蛇般竄動滑落，沿著脊髓深入到他的心窩深淵去。

這已經不是他第一次問自己了。可即便如此，他還是很想再一次質問過去的自己——你到底是哪條神經出問題！為什麼盡跟一些問題人物簽訂契約啊！不是氣死自己，不然就是後悔不已！

「我……我……我召還不行嗎？」林文幾乎是略帶著哭音的答覆。

看了一眼複雜精密的召喚法陣，這還是他頭一次這麼企盼著召喚失敗，但越是吟詠著，他就越清楚根本沒有失敗的可能。

不一會工夫，一位穿著白潔羅馬式戰甲、留著一頭燦金色長髮的女武神就這樣翩然登場，緊縮的六翼在法陣光輝消失的瞬間……綻開。

強大的風壓頓時橫掃了整間研究室，林文的臉立刻如同孟克的名畫《吶喊》般扭曲大喊：「不！」

眼看著群書即將飛舞的瞬間，琳恩淡然一笑，蠻橫的魔力硬是把絕大部分的書籍固定在原地，只有少部分的杯盤和書本飛奔出去。

在一旁的林文先是傻了一瞬，完全不敢相信眼前的這一切，這還是他頭一次感受到琳恩如此自動自發的幫助，就在他快要熱淚盈眶的剎那，他的心底卻有一種莫名的不安感湧上心頭。

——為什麼不是固定全部的書，而是只有部分？

別說琳恩的魔力不夠這種傻話，若琳恩認真起來，固定整棟圖書館的藏書都絕對沒有問題。

林文納悶的看了一眼即將飛出去的雜物，這種高壓襲捲的方式……不要說他沒有體育細胞，就算他真有體育細胞，他也絕對不可能搶救得到。

結果，在他看清楚的剎那，他的臉黑得比石油殘渣都還要烏黑亮麗。

……那些飛出去的雜物，就這樣不偏不倚的朝著從召喚陣中出現的女武神臉龐砸去！

但……林文是誰？他可是人間頂尖的召喚師，出自他手所召喚出來的使魔，有可能會被這種俗物弄傷？

只見女武神輕描淡寫的冷哼了聲，那些即將落在她身上的飛物就繃裂成滿室的紙花和碎瓷散落。

看著這一幕，林文的心底都發寒了——我的愛書！我的研究參考書目！

「就只會玩這種小把戲？」女武神睥睨的朝琳恩輕笑了一下。

琳恩挑了挑眉，手指頭抽動了一下，書本也跟著抖動了一下，眼看又是一場腥風血雨的戰爭要上演，林文立刻跳了出來，擋在兩個女人中間。

幹！他面對過千軍萬馬，甚至隻身一人與罪業會對峙過，但都完全無法跟此刻相提並論。

兩個女人的怒火間，注定要有一個犧牲者，但……靠左邊走啦！為什麼現在這個犧牲者會是他啊！他不是她們的召喚師嗎！她們不是他的使魔嗎！？

「我說……兩位冷靜點！琳恩我拜託妳以和為貴，妳自己打掃也是很費勁的；然後曦發妳不要再動不動就展翅，這一點我不是已經說明過很多次了？」林文氣急敗壞的說著，語氣近乎是哀求了。

「說什麼傻話，掃一袋碎紙跟掃好幾袋有差別嗎？」琳恩冷眼瞪著夾在中間的林文。

——可……可是負責倒垃圾的是我啊！大姐！

林文在心底不斷吶喊著。

「雙翅的展開代表著主的庇護與我同在，這一點無可妥協。」曦發平鋪直敘的說著，彷彿有一張無形的公文就在眼前般，她只是順稿唸出。

林文的頭一陣抽痛……主的庇護要是有效的話，那就應該先免除妳們兩個人的見面吧！

「要打？」琳恩挑釁的說。

「誰怕誰！」曦發露出淡淡的一抹微笑。

「夠了！要打給我去外頭打！最好可以波及到魔界聯軍，那就再好也不過了！」林文絕望的咆哮著，手中抱著這幾年的研究心血，又是隨身碟，又是光碟片，就連筆記型電腦都抓上了兩臺。

如果自己的心血在這場魔斯拉大戰酷斯拉戰役中毀壞的話，他、他就……只能祈禱自己的記憶力夠好能夠回想得起來了。一想著這事隨時都有成真的可能，林文就完全無法克制的掩面啜泣了。

「夠了，我不是來找妳吵架的。最近人間動盪不安，我是為了這事才降臨的。」曦發終於回想起自己來到人間的用意，萬分可惜般的將手從背上掛著的鉑銀荊槍上移了開來。

「唷，難得神界這次沒有老眼昏花，我差點以為神界又是恐龍般的反射神經，要直至人間天翻地覆，才會有所反應過來。」琳恩嘲諷的笑了出來。

「妳說誰老眼昏花！」曦發的金眸底下伏光晃動，彷彿隨時就要奪目而出。

「誰答腔就是誰啊～」琳恩攤攤手。

「我啦！她是在說我老眼昏花啦！不只老眼昏花，我接下來還有可能青光眼、白內障啦！」眼看戰事又要一觸即發，林文連忙指著自己的雙眼喊道。

「哼！」

兩個女人怒目交錯，隨即不屑的甩頭回過。

林文好不容易終於鬆了口氣，盯著地上一灘茶水中的倒影……到底要怎樣當召喚師，才能當得如此悲催沒有地位啊？

他很納悶，真的真的很納悶……

※　※◆※　※

看著桌面上的三個茶杯，只有其中兩杯有濃郁芬芳的錫蘭紅茶，另外一杯卻僅只有茶葉碎末……

林文輕嘆了口氣，手毫不猶豫的伸向……那盞殘茶斷梗。看著左右兩方的女人完全都是皮笑肉不笑的品茗，他完全沒有半點口渴的心思了。

「……所以呢?有要緊事就快點辦一辦啊!要知道茶泡兩杯半，飯煮兩人以上三人以下，這也是很考驗技術的!」琳恩厭煩的催促著，彷彿隨時準備要收杯盤趕人了。

「欸……這種茶水!大概只能拿去澆花吧?」曦發擺出了張苦瓜臉，宛若剛剛喝下的是藥湯的神情，「我看妳還是不要煮太多吧?都拿去餵豬……要知道豬也是很為難的。」

「那妳還真是為難了啊!」琳恩淺笑著望著曦發。

曦發的嘴角猛然抽動了一瞬，卻又轉眼裝作充耳不聞的樣子，甩過了頭。

……這一回合，勝者琳恩。林文在心底淡定道。

攪著茶杯中的小漩渦，同時聽著兩人之間有來有往的脣槍舌戰，林文真的很感慨，這兩個人怎麼都吵不膩啊，都這樣吵了好幾年了。

好幾次話題好不容易回到了主線上，但都還沒有談論出什麼共識，就又輕而易舉的轉到拌嘴上面去了。

琳恩也很神奇，平常明明是這麼理智的人，最多最多就是冷嘲熱諷，但每次只要一和曦發會面，就彷彿要把長年累月累積的鬥嘴值一口氣全部嘴炮光。

曦發在這一點上也很有默契，完全沒有半點神話中緘默不語的女武神姿態，屢屢降臨下來都要先吵個一天一夜再說……

如果可以的話，按照往常，他應該會先去找間五星級飯店，最好是包吃包住的那種，然後讓自己躲在飯店裡休養生息，等過了幾天之後，再花一筆錢請清潔公司的人幫忙收拾善後。

問題是，這一次好像沒有讓她們抬槓的時間了。

林文頹下了肩，望了一眼金魚缸中左搖右擺的式神琉金，此時黑色的魚目中所反映出的是一行黑影正跨越溪流不斷飛馳著，目標正是研究室這裡。

「我說——」林文好不容易抓住了一絲空隙，就這樣插了進去，他止住了兩邊連珠炮的碎嘴，「大家都知道魔界聯軍來到這小島，那來到這島的目的也不可能是什麼觀光考察，所以眼下我們真的沒有時間了，魔界聯軍正向著我們而來。」

「掐頭去尾說重點！」

琳恩和曦發就只有在此時有共同默契，兩女異口同聲的怒吼。

「魔界聯軍來了，我們到底要怎麼應對啦？」林文有氣無力的說道，「就算是茶點也需要準備時間吧。」

「誰跟你準備茶點啊！」兩人互相探了對方一眼，隨即怒斥道：「敢上門來就給他們死！」

林文輕嘆息了，心想：妳們兩個默契這麼好，怎麼沒有考慮組團去參加相聲啊？保證拿下表演大獎啊！

「所以神界不怕得罪魔界了？」林文挑了挑眉，打量著曦發身上保養良好的戰鎧，「妳的身分這麼尷尬，不怕得罪魔族聯軍？」

「聯軍？不過十來位魔族入侵，瞧你們誇張成那樣。」曦發驕傲的盯著琳恩幾眼後，一派輕鬆寫意的撥了撥長髮，轉而對林文冷哼了口氣，「根本沒什麼怕得罪的！早就看魔族不爽很久了！況且我不來的話，你打算召喚誰？夢魘？擺渡人？第三重召喚選擇我，哪裡不合理？」

聽著曦發的豪言壯語，亞澈只能苦笑的在心中犯嘀咕了，的確就現實面的考量來講，神族當然是針對魔族的第一把交椅，而且夢魔和擺渡人本身也不是特別擅長戰鬥的使魔，理所當然的只能選擇曦發。

但問題並不是這樣就能解決，曦發口中那十來位的魔族精銳來頭跨足魔界七國，各個都能以一擋百。

原本他們是不可能來到人間的，人間的結界應該會把魔族們無一遣返的，但令人不可置信的就是，他們就是成功了。根據芽翼所言，這是場全魔界王族共同協力的復仇。

無論是藉助禁忌或者秘法，魔族聯軍的到來已經是事實，既然如此還執著於如何來此就毫無意義了，該注意的點是他們的來意為何？

「……那琳恩妳？」林文猶疑了一下，雖然他清楚琳恩的真實身分，但那也絕對不是隻字片語就可以解釋清楚的。

「我連死神都敢幫你出頭了，魔族有在怕？」琳恩冷笑了一下，「先說好喔，我這次可不會手下留情。」

看著琳恩的微笑，林文額上的三條黑線垂了下來。

——手下留情？妳到底清不清楚，事後冥界的死神在贈送遊艇之外，還寫了封文情並茂的書函，泣訴自己身上的內傷有多麼慘重，讓只剩骨架的他們好幾個禮拜只能動彈不得的癱在床上！好不容易他們才恢復爬下床，居然用敬佩二字來形容妳，順便低聲問我是否有什麼特效藥可以幫助他們痊癒……

林文默默在心中吐槽著。

當時的他也只能抓了抓腦袋，把人間各種生骨補鈣劑都郵寄一份給冥界，然後看著試用過後的死神向冥界推銷人間奈米鈣有多了不起之類的感言，他只能無奈感嘆生科產業的蓬勃了。

「這次我一定會秉持舒壓的原則……痛宰他們！」琳恩咬牙切齒的說著。

林文聽完後只能雙手合十緘默的先替魔族哀悼，只能說惹熊惹虎不要惹到恰查某，這句俗諺之所以可以流傳這麼久，還是有它的道理在的。

「所以他們什麼時候來到這裡？」曦發站了起身，她雖然能夠模糊的感覺到魔族的氣息，但還不能掌握到距離的遠近。

「大概十分鐘後吧。」林文一邊搔搔頭一邊輕敲著魚缸，「假如式神剛剛的聯繫報告無誤的話。」

「十分鐘後？」琳恩詫異的看著窗外一眼，「那現在即將衝進室內的是？」

即將?衝進室內?

正當林文還困惑著，沒有辦法理解琳恩所述為何的時候，一抹迅影就這樣衝至眾人眼前，直接撞破了窗戶，把剛剛琳恩用魔力固定住的家具全部震飛了出去！

塵土喧囂當中，林文摀著刺痛不已的頭緩緩爬了起來，眼前只能用斷垣殘壁來形容的……廢墟。

他臉色一陣死白，雖然說自己是有做好備份措施，但看著上一刻熟悉的一切轉眼灰飛煙滅，說實話還是驚愕大於憤怒。

他的確是有做好研究室被弄亂的心理準備，不過那僅僅是被弄亂，現在眼前的慘案發生太快，快得讓他措手不及，他應該要生氣才對吧?但問題是要生氣也要先搞清楚怒火宣洩的對象吧?這種核彈廢墟是要凶哪個鬼啊！

「呃……還有人活著嗎？」

林文望了望四周，不出所料兩位女性就這樣靠著牆用看白痴的眼神回望著林文。別說塵土沾身，她們連根髮絲都沒有掉落，依然保持著一派的端莊優雅。

「這種攻擊太粗糙也太可笑了。」曦發鄙視的看著大破的牆壁。

「呵……這種程度連研究中的你都叫不醒，還是重新再來吧。」琳恩撩了撩秀髮，完全的不屑一顧。

林文苦笑著，知道自己被拿來當作評斷威力的標準，這到底是褒還是貶啊？

「很會說大話嗎！這不過只是警告！」

一道尖銳刺耳的嗓音，從上空傳了進來。

「接下來的才是攻擊！」

語畢，又是一道綠光疾射過來，林文還是沒來得及反應，但那絕不包括琳恩和曦發。

琳恩一派輕鬆的就把林文公主抱了起來，連惡魔雙翼都懶得張開，僅僅一記眼神就把所有襲來的咒光破解成粼粼餘輝。

一旁，曦發不發一語的抽出掛在背上的鉑銀荊槍，右腳輕描淡寫的一蹬，身子就成了一道輝影衝了出去。

窩在琳恩懷中的林文，臉色羞紅的掙扎著想要下去，但不知琳恩是故意還是失憶，那白纖修長的手指彷彿嵌入林文的腰與膝，完全沒有鬆動的可能。

掙扎了片刻，林文終於放棄無謂的努力了，一臉無奈的說：「這不是很明顯的陷阱嗎？她就這樣衝出去……沒問題嗎？」

「欸？我比較擔心你的說。」琳恩終於有反應了，但她的反應卻是把懷中的林文他攬得更緊，「至於那隻六翼鴿？你與其擔心她被伏擊殞落，不如期待她殺到虛脫比較快。」

「是喔……那妳可以把我先放下來嗎？」林文難為情的說道，整張臉紅得快跟番茄有的比了。

「當然不行。」琳恩正色的說著，臉色完全沒有一絲玩笑的意味在。

「為、為什麼！？」林文張大著雙眼，驚愕的完全摸不著頭緒。

他看得出來琳恩沒有說笑的意思，但這就是他不明白的地方，現在堅持公主抱是有什麼意義嗎？又不是抱一抱，魔族聯軍就會把他們自動虛線無視化……

「你已經三重召喚了，難道你想嘗試四重開門？」琳恩漾出一抹笑靨，但其中卻完全沒有半點欣喜的情緒夾雜在裡面，「先跟你說喔，我是很懶得去考照顧植物人的看護執照，到時候我沒有看護執照，就只能礙於法規，在一旁看你活活餓死了，這樣我心中也是千百個不願意啊～」

林文翻了翻白眼……

——妳見鬼！妳最好奉公守法到這種地步！多少次交通罰單如雪片般的飛來，要不是一般警察都以為妳是外國人，只是象徵意義的寄個一封來意思意思，不然我早繳罰單繳到破產了！

心裡這般想著，可是林文卻沒有反駁。他看了看自己的指掌，的確是還沒有完整四重開門過，這種神話史詩般的成就，一直沒有達成，即便有想要嘗試的衝動，卻每次都被琳恩制止了。

根據琳恩的說法，雖然她幾乎不需要仰賴自己的魔力，但魔力和精神力是兩碼子事，四重召喚之所以難以達成，主要是因為召喚師的精神力太脆弱，而不是魔力不堪負荷。

說起來，他的精神力在人類裡頭也算得上是出類拔萃了，而人類的極限就擺在那邊。至於所羅門王？他傳聞是與七十二位惡魔締結契約沒錯，但那可不代表能同時開七十二重門……

同時開七十二重門的場景……光想像就覺得很壯觀，但也大概僅止於想像了。兩個人就這樣姿態曖昧的作壁上觀，看著曦發一個人身陷在敵軍中好不熱鬧，完全沒有要參戰幫手的意思。

另一方面，魔族們一反常態，各個神情凝重的看著中心點的曦發。

曦發如入無人之境般，雪白的六翼上燃焚的是無上的淨火，金眸則冷淡的掃視四周。

「神族也想來參一腳？這是違反神魔和約的吧！」

尖銳的聲響再次傳出，從茫茫人海中，一位身姿媚然、頭頂羊角的女性，猶如名模走貓步般的走了出來。

「不識字的話，請先上過學再來人間好嗎？」曦發嘴角微彎，極其嘲諷的笑了，刺激對方道：「還是連附註細項都看不懂？文法被死當了？」

「妳……不識好歹！」那女惡魔一時氣結，一抬手就是無數的怨火急湧而出。

身旁的惡魔也緊跟著起手，各種咒法的光輝閃動。眼看周圍滿滿都是敵意，曦發卻淡然的笑了出來。

翼下的淨火隨著振翅迸散，把所有魔族的雙眼震得無法張開，無數的咒光因為雙翼的衝擊而煙滅，但最讓人驚愕的還在後面……

不知何時，曦發的膝下多出一匹白馬，宛若雪泥揉捏成的白淨，仔細查看則會發現到那匹白馬正在燃燒——不，是牠根本就是由淨火所構形而成！

曦發就這樣騎著白馬，手中的鉑銀荊槍高舉朝天，耀眼的槍尖宛若晨曦般的奪目……

「第七代淨世聖女……曦發！」

魔族人群中突然有人喊出聖女之名，緊接著所有人為之騷動。

所有人不安的看著彼此，掌心的冷汗不停冒出，這……絕對遠超過眾人所預期的了。

魔族經由各方推敲之後，好不容易終於鎖定了林文的居所。在戰事尚未開打前，他們早已預想過各種抵抗的情景，包括人間秘警署的支援、各種召喚獸的反撲等等，其中當然也包含了神族的阻擾。

想當然爾，如何應對神族，他們心中早有共識。

但眼前出現的神族，著實遠遠出乎他們的預料。

「淨世聖女」的名諱曾經響徹六界，但在如今這個承平的時代，不少人早已忘記了她的存在，直到如今眼前那熊熊燃燒的駿馬，和那銀槍上荊棘繚繞的薔薇，所有人才驚醒的看著她。

這個名諱傳承了已經有六代——是六界尚且混亂鬥爭時，帶著人數最稀少的神族，卻奔馳出最輝煌戰果的勇者才能享有的稱號。

史詩上多少場混戰中，那白駒帶著薔薇蹚過血海，卻完全不留一絲血汙，只有那若有似無的血水蒸氣繚繞不絕於身。

此刻站在他們眼前的曦發，手持鉑銀荊槍、身騎淨焰馬，無疑是第七代的淨世聖女。

魔族們越是望著曦發，各人的臉龐就越是失去血色。

「……現在怎麼辦？」惶恐之中有人提問了。這已經不是他們所能預判到的程度和對手了。

「……」沉默了一會兒，那妖豔的女魔族咬緊牙關開口：「按照計畫行事。」

「遵命。」在場的魔族無不低下了頭，但是卻隱藏不住那低垂目光中的堅忍和覺悟。

曦發橫空揮舞了下長槍，沉重的破空聲響起，卻沒有引起魔族的任何忌憚。些許的詫異使她隱藏在頭盔底下的雙眼微眯了起來，她和魔族對壘的次數早已不是雙手能夠表示的了，所以她深知這代表著什麼。目光轉向了下方正在仰望觀戰的琳恩和林文，她輕輕的搖了搖頭。

魔族在耍把戲——而眼下她卻也無能為力了。孤身對壘時的大忌她很清楚，那就是大意輕敵和心猿意馬。

一想到這裡，她那掩飾在下盔的脣輕柔的嘆息了，但沒人有時間注意到她的輕嘆，因為接下來映入眼簾的是鋪天蓋地的淨焰，挾帶著她那一絲絲的煩躁和懊惱，席捲了眼前所有的魔族。

琳恩看著那燃燒不歇的火天，目光倏然的調向了後方的碎洞，她注視著眼下那過分沉默的臺北。

「不得不承認……魔族真的很擅長這種陰險詭譎的奸計。」琳恩嘖嘖了兩聲，把懷中的林文猛然放開，直接讓他摔了個狗吃屎。

林文哀號了幾聲，吃痛的撫著腰，正要痛罵琳恩要不就抱得死緊，要不就直接摔人下來，要人也不是這樣耍的時候……

琳恩的雙翼猛然張旋開來，「咯格」的鏈條聲逐漸從四處響起，潛伏在影子中的黑鎖緩緩的糾結在她四周，卻完全無法碰觸到，她不耐煩的眺了遠方一眼，僅僅是一個甩身，就把所有的黑鎖撕裂成無數的碎影。

影子碎散成一地，卻又轉瞬恢復如初，然而一條條的鎖鏈再次被撕裂成一片片的碎影，不斷的重複上演，讓她不禁嘆了口氣。

「惱人的把戲。」琳恩厭惡的看著地上的影子逐漸成形，她煩躁的轉頭看向林文，問：「我可以把這些影子統統吞噬掉嗎？」

「……不好吧，這應該會吃壞肚子吧？」林文汗顏的說著。從結構上來觀察，這應該是某種拘禁類的詛咒。雖然琳恩向來百無禁忌、從不挑食，但真把詛咒吃下去，用膝蓋想也知道那不會是什麼健康食品。

「來不及了，我已經吃了。」琳恩冷哼了一聲，嘴裡鏗鏘有力的咀嚼著。

——那敢情妳是問辛酸的？況且妳是有這麼缺鐵或金屬元素嗎？看著她如同嚼蠟般的神色，林文沉重的頹下了肩，對於琳恩的舉動再次深深感到無力。

「……沒有一位惡魔女僕可以說吃詛咒就吃掉詛咒的。」

「現在！這裡！不就是？」琳恩挑了挑眉。

吃力的按壓著自己的太陽穴，每看著琳恩如此泰然自若的模樣，林文就感到大腦一陣脹痛。

——我上次真不該拒絕那個保險銷售員的，是應該去買個保險，不然遲早不是高血壓就是心臟病，而且罪魁禍首還都是自己所召喚出來的使魔……老天我這真的是蠢到家了！

※　※◆※　※

異常寂靜的臺北，一行西裝筆挺的人士就這樣圍坐在會議桌旁，周圍是透明光亮的落地窗，從隨便一個角度都可以窺探到臺北這座都市的樣貌。

由上往下看，迷你精細的馬路上沒有半輛車輛，就連個路人都不見蹤影，讓人不禁懷疑是否闖入了喪屍電影中的橋段。

這是臺北——但又不是臺北。

能夠達成這般成就，無疑是眼下這群圍坐在會議桌旁的人的功勞。

「結界布置得如何?完成度呢?」一名男子森嚴的說著。

如果亞澈和林文親臨現場的話，大概會破口大罵出來，那名男子正是昔日他們見過的大祭司。

罪業會的部屬依照大祭司的囑咐，在整塊臺北盆地上扭曲了空間和認知，強硬的把魔族大軍塞入了林文他們所在的研究中心。所以林文的監測使魔預判出錯，就連魔族自己都沒有察覺到詭異之處，只是殺紅了眼，完全沒有猜想到自己也落入了圈套之中。

「叩叩」的敲門聲響起，李雲匆匆走進會議廳，手中的平版電腦自動連接上投影機，不一會兒就在會議桌上放出了三維立體構圖出來。

只見數十個紫點從上到下包圍著三個白點，象徵著法術的光線不曾間斷的此起彼落。

「喚者被壓制住了嗎？」大祭司沉穩內斂的看著情報圖問道。

「不，雖然戰況陷入膠著，但根據我們的情報，喚者他本身最多能召喚三位使魔出來，眼下他遲遲未召第三位使魔現身，應該是游刃有餘才是。」李雲的手指輕敲著平版，兩個白點頓時閃動了起來，異常顯眼的標註著「使魔」兩個字。

「魔族聯軍會輸給區區兩隻使魔？」會議桌上一名女士訝異的提問。

「說來著實令人驚嘆。」李雲不由得讚嘆了起來。雖然是敵人，但喚者不愧是喚者……

「其中一隻使魔是神族的淨世聖女——曦發。」他的手指輕點著被紫點團團圍繞的白點，不一會兒圖像資料頓時躍了出來。

看著曦發的影像，所有人不由得倒抽了一口氣，只有大祭司的臉龐上不見絲毫驚訝。

就在眾人交頭接耳議論紛紛的時候，在主席桌的大祭司悄悄闔起了雙眼，相隔數秒後又緩緩的睜開，所有人頓時會意到大祭司的動靜，不約而同的收聲，雙眼筆直的注視著大祭司。

「以大祭司的身分，李末謁之名，允許召喚冥府骨龍，座標應該就不用我說了吧。」

李末謁的雙眼微瞇了起來，所有人頓時頷首。

李雲的側臉蒙上淡淡的笑靨。

這招真狠……即便是淨世聖女，面對近乎是天敵的冥府之龍，大概也是一番苦戰吧！只是這樣下去的話，喚者到底還能給他們多少驚喜呢？

他用舌尖輕抿了抿脣，將嘴角淌流而出的唾液舔去。

——真是太期待林文所隱藏的第三隻使魔了！

※　　※◆※　　※

淨火無邊無垠的燃焚著，冉冉白煙扭曲著視野，呼吸是灼熱的，肺部是乾枯的……光是想瞠眼凝視都是一種痛苦不堪的意圖。

很難想像有人可以身處在這樣的高溫烈焰中。但，事實上不只有人可以身處在其中，那人還可以面不改色的踏焰而行。

淨火的火舌彷彿畏懼著曦發的身軀，敬畏的隱沒於她的步伐之下，直到曦發的抬足，方才抬頭吐焰而出。

魔族的精銳們很驚懼，這完全顛覆了他們的認知，他們很清楚神族的術法是他們的剋星，但這不代表魔族拿神族束手無策，經由合作默契——或者所謂的以多欺少——他們還是可以壓制偶爾來犯的神族。

現在魔族習慣的套路，依然是以多欺少，己方的人數是對方的十幾倍，但他們卻完全無法可想，光是那熾熱的坐騎——淨焰馬，就讓他們頭大了。

那根本不是單純的坐騎，完全是活生生的凶器！

當曦發駕著淨焰馬衝鋒時，除了要注意曦發手中的鉑銀荊槍，更要小心那拂過身旁的馬軀，輕輕地擦過就是一大片的深層燒燙傷，造成皮膚與肌肉的扭曲焦黑，讓所有人完全不敢正面和曦發對峙。

「這樣不行！期待那個召喚師的魔力耗盡根本是不切實際的計畫！」一位男惡魔撫著右臂痛苦的喊道。仔細一看才發現那右臂根本處處焦痕，想尋找一塊乾淨無傷的肌膚都成了一種奢侈的希冀。

「先殺那位召喚師的話？」

「前提是我們能夠離開這裡，況且我們不是早就有人負責在下面埋伏了？」女惡魔冷笑了。

看著她的笑容，所有的惡魔不由得低頭迴避著目光。

在場的惡魔沒有人受的傷比她重，那是因為她處處牽制著曦發——因為她的牽制，才讓所有的惡魔即便受傷卻不至於殞命，但那也只是現在。隨著時間流逝，燒傷將會不斷的惡化，這是因為神族的淨火緣故，除非他們回去魔界抹滅淨焰，否則這傷口只會不斷的帶走體力。而等到他們筋疲力盡的時候，就真的成為任人宰割的魚肉了。

很惱怒……真的真的很惱怒！所有的惡魔不由得怒目瞪向林文。

感受到凌厲的視線，林文不明就裡的抬起頭，頓時不禁退了幾步，驚人的殺氣即便距離如此遙遠，依然可以刺痛著他的肌膚。

說實話，他完全不清楚曦發的戰果如何，憑藉著他爛到有剩的視力，他只能看到一堆人影在高空爭鬥著，更別提那堆人影還被熱息扭曲了景象，根本就像打了馬賽克加密般。

他是有想過是不是應該在下面幫忙搖旗吶喊之類的助陣，但眼下除了空戰火光四射，他們在地上也是忙得不可開交——更正，應該說是琳恩忙到不可開交才對。

乍看之下好像所有魔族精銳都圍困著曦發，但那是看得到的……看不到的都跑到琳恩和林文這裡來了。

暗光一掠——又是一道從陰影死角襲來的禁制法術，琳恩雖然羽翼一張抵擋住了，但卻也沒有辦法衝出去把那些躲在遠處的咒師抓出來。

這完全是因為林文自始至終是炮火所鎖定的焦點。

魔族的意圖很簡單卻也很有效率，擅長近戰的負責拖住使魔，逼迫使魔消耗掉召喚師的體力，同時遠方連綿不絕的法術和禁咒則壓榨著召喚師。

如果召喚師撐不住，那他就會被法術炸成一灘肉泥；如果他撐得住，那使魔也一定會陷入不堪負荷的窘境，遲早會因魔力耗盡而歸返異界。

但事實和計畫卻天差地遠。

牽制的部分做得很完美，曦發完全無法和林文會合，法術壓制也確實成功了，琳恩完全無法離開林文身旁一步，但目標對象呢？

咒師遠遠的凝視著林文，他的確無法離開琳恩身邊，但他也完全沒露出一絲疲憊的神色，相反的還神采奕奕的到處張望著，活像是這場戰鬥與他無關，他只是出趟遠門來打打醬油的路人。

戰局陷入膠著，雙方交戰不止，每分每秒都如此令人煩躁不安，這種平衡隨時會崩潰……那崩潰的剎那，就是決出勝負的時候吧！

一開始先察覺到的是琳恩，她在捏碎了不知道第幾道襲來的禁制時，恍然的眨動了睫毛，總是無謂的神情彷彿凝結般的僵硬了起來。

然後是林文。他先是茫然的看著蒼穹，接著表情逐漸凝重了起來，越看越深遠，彷彿在注視著遙遠的彼方。但是異變來得實在太快，他只來得及拋了個眼神對曦發示警。

感受到林文那緊張的目光，曦發先是愣了一下，隨即如臨大敵般的瞻望著天空，無數的冷汗從背上冒出，密密麻麻的不一會兒就成細流般灑落。

天空開啟了門扉，那道門扉的遼幅橫跨了整座校地，以西方經典的六芒星陣相互交錯所排列而成的十二芒星法陣，艱澀難解的古語環繞排列在陣中，濃烈深沉的黑水灑落，彷彿天空正在流血般，一聲聲低沉的咆哮穿透了界門迴響在人間。

林文才看了一眼魔法陣，心臟頓時糾結成一團，連呼吸都停滯了，掩著嘴他低語著：「冥府之門——骨龍！」

琳恩猛然咬牙將手腕翻轉，地上的落影轉瞬成為堡壘和柵欄，將未停息的戰火全部區隔於外。

「林文，你走吧！」琳恩搖了搖神情恍惚的林文怒喊道。

「我走？」林文表情扭曲著。

「利用逆召喚，人間沒有人可以追上你的。」琳恩咬著下脣，繼續說：「曦發她不可能同時擋住魔族精銳和骨龍的，不……單單是骨龍，她就不知道能不能全身而退了，所以你現在必須走！」

「那妳們呢？」林文的眼神帶著猶豫，「他們都不是普通人，落在他們手中，妳們連被遣返的機會都沒有，他們……不會放過妳們的……」

「反正我本來就不是這副軀體的主人，我最多就只是——」琳恩苦笑了，戳著自己的胸口，但她話都還沒有說完就中斷了。

因為林文用一種平靜無波的雙眸直望著她，他緊緊的抓著琳恩那小巧的雙肩，停不住的顫抖從對方的肩上傳了過來，「不要這麼說，我答應過會送妳回去，我就一定會送妳回去。」

琳恩看著林文那哀傷的模樣，原先口中的話語卻再也說不出來了。

「真是個笨蛋……這麼愛負責的話，那我就只好死賴著不走了。」她淡淡的露出苦笑，手中的黑鞭顯現。

四周喀嚓的聲音漸起，由黑影所構成的結界逐漸龜裂，轉眼崩碎。但魔族的攻勢未曾減緩下來。

骨龍降臨了，銅黃色的骨骸橫掃著大地，光是杵著就帶有龐大的龍威，如六輪卡車般厚重的龍顱間閃動著紫幽般的靈魂之火，曾經強悍的龍族在死後不但沒有衰敗，反而褪變成另一種意義上的強大。

甫一降臨，骨龍的怒焰毫無保留的傾洩而出，夜色化成的滔焰襲捲整座校園！所有人手忙腳亂的抵擋著冥焰，又以曦發更為狼狽。

神族很少和冥界打交道，除了界域不同之外，最重要的是——冥界法術天生克制著神性！光是冥焰的衝擊，就讓大半的淨火煙滅，而逮住機會的魔族便抓緊空隙反擊。

曦發低身一閃，金色的髮絲飄落，一道猩紅色的血絲緩緩從耳際滑落，她很清楚劣勢時應該退一步再重整架式……

不過，她採了一眼仍然被圍困的林文，倔強的搖了搖頭。

曦發很清楚此刻她退讓的下場，如果讓魔族精銳真的通過了她這關，那自己要再追上他們就是遙不可及的白日夢了。

若是真的讓林文被魔族精銳圍困的話，這場混戰就真的完結了，而且是以失敗作結。

思緒翻騰著，曦發完全沒有注意到骨龍那猙獰的面孔早已鎖定了她，等她意識到的時候，已經來不及脫身了。

古銅黃的巨大龍爪迎面劈了下來，那爪幅橫跨了至少一輛公車的車身長度，氣勢萬鈞的逼得她只能以一個側身的些微之差迴避掉，但激起的衝擊卻避無可避。

強大的力道直接讓她彈飛出去，劇烈的疼痛讓她的面孔扭曲。

不僅如此，身旁僅存的淨火捏成的白駒，也在剛剛的龍爪下灰飛煙滅。

前額凌亂的散落著髮絲，曦發看著魔族精銳和骨龍逐漸圍了上來，雙眼卻完全無法控制的矇矓晃動了起來，手指彷佛失去知覺的鬆開，鉑銀荊槍「噹」的一聲落地滾了幾圈。

「這就是死亡嗎？」她露出了苦澀微笑。

一陣紫光就在此時倏然掠過，混雜著驚恐聲和怒罵聲。

曦發吃力的張開雙眼，看見了詫異、甚至是詭異的畫面……她聽說過臨死前會有所謂的幻覺，但這幻覺也太虛假了吧？

那是一名頂著墨玉鹿角的魔族和一名手中拿著各式古怪金屬球的少女，兩人正站立在自己面前。

魔族和人類保護著自己？而且遠方的……那又是什麼？

遠遠望去，只能看到一道道的紫光竟然把那無人能擋的骨龍逼退，清新的仙靈氣息將鬱悶的冥界氣息翻騰捲掃開來……這都是什麼幻覺啊？

曦發趴在地上茫然的眨動著眼，完全不知該從哪一點認知起來才好。

The summon is the source of chaos

Chap.2 環島旅行不需要核武器！

時間回到亞澈和由乃踏上旅程的那一天——

「喀嚨喀嚨……」

隨著鐵軌聲的止息，一男一女緩緩的下了火車，長長的月臺上空蕩得僅有兩人的身影。

這沒落蕭條的車站位於鐵路支線中的支線，隨著城鎮的老年化，這個車站的人潮早已無法和昔日相比了。

看了一眼鐵捲門閉合的雜貨店，這款式……已經是鄉土博物館中才會出現的古董了。雖然懷舊風格確實是有另一番旅遊的風味，但不知為何她就是發自內心的只想坐在火車上從城鎮邊緣遠眺，完全沒有下車的念頭。

然而，她的同伴卻不是這樣想。在車上時他就罕見的眉頭深鎖，甚至用手指撫抵著車窗，凝視著窗外密密綿綿的雨露，一言不發執起了她的手，兩人就這樣突然下車了。

她看了看四周，這個車站早已連站務員都沒有了，出入口完全仰賴人工智慧系統的管理。她又望了一眼遠方縹緲清幽的山嵐與雲霧……標準的好山好水好無聊。

她納悶的搔了搔臉頰，伸了個懶腰，雖說這趟旅程本來就沒有設定任何目的地，但第一個下站的地點卻是這座老邁的小鎮，也算出乎她的預料了。

原本以為亞澈應該會帶著她逛遍各個大都市，甚至常駐鬧區夜店之類的地點，畢竟那才是七情六慾錯綜複雜的所在。至於這座山間小鎮，怎麼看都不太可能符合情感豐富這個定義。

但是亞澈不發一語的下了車，她當然也沒什麼選擇的跟著走了。抖了抖有些沉重的背包，裡頭的儲靈儀還需要仰賴亞澈呢！況且臨行之前，林文和琳恩也將亞澈交給了自己。

她回想起那一天……

臨行前，林文和琳恩把由乃拉到一旁去，露出欠揍的竊笑神情，不斷用眼神在亞澈和她之間游移著，手指還不斷比出詭異的愛心圖案……要不是實力差距和作為客人的禮節，她一定早就出手了。

就在由乃快要按捺不住的時候，林文和琳恩才收斂了一些，強作正經的交代重要事情。

「亞澈原則上來說，並不會惹上什麼麻煩。」林文一邊說著，一邊將水晶護身符交給了由乃，同時叮嚀道：「但麻煩卻總是會自己找上他，所以只好麻煩妳多擔待些了。」

「麻煩……找上他？」由乃窘迫了，「這、這是什麼意思？」

「呵呵……天機不可洩漏。」林文乾笑著。他注意到由乃那暴滿青筋的握拳，才汗顏的抹了抹臉，「冷靜點，我是絕對反對暴力主義者！我只能說最近人間會不太平安，亞澈的身分又有點特殊，這樣的解釋可以接受嗎？」

偷偷盯著由乃緊握的拳好不容易放了開來，林文這才鬆了口氣，同時發自內心的疑惑了：這間研究室是不是風水不好？不然為什麼出沒的女性都是如此豪放不拘，舉手投足間都能如此自然的讓旁人膽顫心驚？

「那……我們是不是應該緩上腳步？」由乃眼神游離略帶沮喪的說。

畢竟這趟旅行本來就不是什麼迫不及待的事情，如果晚些時候再出遊，應該也不會怎樣……只不過要說完全不失望是騙人的就是了。

「不需要。」琳恩滿不在乎的說著，「這件事情牽扯到魔族，要知道魔族的壽命比你們人類多了好幾百年，真要顧忌他們，只怕此生你們都要住在秘警署裡頭了。」

「這一點我也贊同，不需要為了些風吹草動就綁手綁腳的，年輕人就應該毫無顧忌的隨心所欲，至於背後那些麻煩事，自然會有人接手去做，反正船到橋頭就會超級直。」林文點頭同意琳恩的看法，露出淡笑對著由乃說：「況且別忘了妳是人類，而這裡是人間，妳可算是原住民、地頭蛇，哪有主人怕客人的道理？」

「更何況這趟旅行就是因為有妳的陪同，我和林文才放得下心讓你們倆出去。」琳恩壞壞的淺笑著。

「我？」由乃眨了眨眼，完全不明白琳恩話中的含意。

「亞澈的天賦搭配上妳的魔工學造詣，除非這島國突然人人吃齋唸佛羽化成仙，不然我還真想不到誰能夠和你們倆抗衡。」琳恩說得很輕描淡寫，但這的確是事實。

亞澈的弱點很明顯，就是身為返祖魔族的魔力特性，只要掌握好神族的法術，無論是誰都能十拿九穩的拿下才對，但這一弱點卻被由乃的魔導科技掩蓋了過去。

沒有多少人能夠和一整座城市的情緒對抗，琳恩不行，林文當然也別提了，更別妄想車輪戰……真要等到城市的情緒都被亞澈吞噬殆盡，那還不如期待亞澈自己被口水噎死比較快。

……人類情緒活躍的程度，讓琳恩望洋興嘆。

「我是不要緊，但假如跟亞澈的安危有關聯的話……」

由乃罕見的猶豫了，雖然林文和琳恩說得有道理，但她見識過罪業會的實力，這趟環島之旅等於脫離了秘警署的保障，沒有魔工系統的支援，自己無非只是個累贅，如果在危急之時自己淪落為亞澈的弱點，那……該怎麼辦？

興許是察覺到由乃的不安，琳恩賊笑的摟住由乃的肩。

「嘖嘖，小女孩別說姐姐不提點妳。」琳恩挺起了如玉兔般的胸部，神情嬌媚的一笑，「男人啊……都是下半身思考的動物，他們的腦只有一種情況下會運作起來，那就是為了讓下半身可以思考，這一點亞澈也是一樣。」

「所以妳就放寬心吧，亞澈絕對會確保妳的安全無虞的，妳就只需要適時的給一些獎勵就夠了。」琳恩朝著由乃擠眉弄眼。

由乃神情空白了一瞬，過了幾秒滿臉通紅了起來，不斷搖著頭拒絕。

「我、我不懂琳恩妳、妳在說些什麼……」

「喔，那就當作如此吧。」琳恩挑了一邊眉，曖昧的淺笑著，嘴裡嘖嘖出聲，順手拉著林文走出房間，留下由乃一人獨自深思。

※　※◆※　※

微灼的午後，夏風玩耍著亞澈和由乃的髮絲，頂著扎眼的逆風，亞澈的呼喚聲打斷了由乃的回想。

「由乃？」

看著亞澈好奇的站在前方等她，她連忙回過神追了上去，但他們倆才剛踏出車站票口第一步，由乃就立刻想要轉身回頭了。

因為足音才剛落定，眼前的景色卻如同晨霧般消散，映入眼簾的情景完全讓由乃和亞澈兩個人瞠目結舌了。

放眼望去是滿目瘡痍的車站廣場，一堆堆被焚毀的車輛，更別提正在燒焚中的建築物了。仔細一瞧，還會發現在石磚和屋瓦間的火焰之中，夾雜著各式可疑的紅色液體。

「我對不起你們倆的期望呀……」腦海裡浮現了林文和琳恩行前叮嚀的面孔，由乃不由得掩著面低頭懺悔呢喃。

老天啊！這還只是……旅行的第一站！第一天！甚至連鐵路便當都還沒有吃到，他們兩個人就踏足到這個一眼就知道會惹禍上身的地方了。

「嗯……應該是幻術無誤。」亞澈撫著車站梁柱的燒痕，淡定的說著。

「什麼！所以這些都只是嚇唬人的嗎？」由乃聽著亞澈的話語愣了愣，雙眼瞪得圓大。是誰玩這種惡作劇的？是不知道有人心臟不好嗎！

「呃，不是，我是說從火車上看到的和平城鎮才是幻術。」亞澈搖了搖頭，伸手指著眼前的這一切。

「那我們現在可以回頭吧！可以吧？這地方一看就不適合我們這種和平的死老

百姓過來觀光，更何況我們也不是什麼戰地記者，這麼冒險犯難的地方還是留給那些不要命的人吧！」由乃跳了起來，緊握著亞澈的手，神情緊張語無倫次的喊著。

看著由乃用力到有些發白的指關節，亞澈苦笑的轉頭望向被燒掉半截的鐵路時刻表。

「這裡似乎一天只有一班車。」

「那我們就等那一班車吧！」由乃喜出望外的雙眼發亮著。

「問題是，那班車……似乎就是我們剛剛坐過來的那班車啊……」亞澈尷尬的用手指搔了搔臉頰，將殘酷的事實毫不留情的揭露出來。

「……」由乃眨了眨眼，沉默了半晌，眼中的光芒逐漸黯淡消沉，語氣僵硬了起來：「所以我們要在這鬼地方待一天？」

「似乎是的。」亞澈面無表情的拍了拍她的肩。

「鐵路不行的話，難道我們不能走出這個城鎮嗎？」由乃打起最後一分希望的看向亞澈。

「嗯……這裡是個被兩道山脈和太平洋包圍的小平原。」亞澈翻了翻手機上的島嶼地圖，雙指拉近放大給她看。

「所以？」由乃的心底不安感逐漸淹沒心頭。

「太平洋、中央山脈、或者海岸山脈？三者任選。」亞澈恭敬的比出了「請」的優雅手勢，彷彿此時的身分轉換為執事般的禮節。

由乃的腦袋抽痛了一下，她絕望的看了一眼自己和亞澈的穿著。

……太好了，兩個人下半身都穿著牛仔褲，上半身還是輕便的素衣，腳上搭的是帆布鞋，就連背包裡都只是些尋常衣物，帶著這些東西衝去山中，這不是輕裝登山，這分明是故意山難！

「我不想上新聞標題，到時還要麻煩國家直升機山中救援啊……」由乃表情空白的喃喃自語。

「所以……先找個地方落腳？」亞澈挑了挑眉提議。

「你這混蛋，你是不是早知道這鬼地方，才帶我來這裡的！」由乃越是看亞澈平靜的神情，就越發覺得他心裡有鬼。

「我是知道這地方有鬼，但真的沒有想到會是這副光景。」亞澈尷尬的點了點頭，「因為途經這裡時，突然有種莫名熟悉的感覺。」

「熟悉?你覺得這裡很熟悉？」由乃詫異的看著眼前的慘況，「你在魔界時該不會正在發生戰爭吧？」

「不是，我是指——」

亞澈搔搔頭，話才說到一半，一發紫墨色的法術不偏不倚的從死角竄了過來，兩人完全沒有任何慌張失措，只是不慌不忙的低頭甩身躲到梁柱後邊。

「就是這個……魔族魔力所特有的味道。」

「你是指你感覺到這裡有魔族的氣息，所以好奇的下車過來看看？」由乃青筋在額角上不斷跳動著，她抱著頭看著竄過身邊的各種法術，「方便問一下，魔族來到人間可以做什麼?看這鳥樣，應該總不會是親善和平大使吧？」

「就因為不會是親善和平大使，我才會這麼好奇啊！」亞澈苦笑了。

由乃握了握拳……太好了，她在心底下定決心，回去後一定要拿尤金的劇本塞給他看，讓他知道什麼是好奇心害死貓！

就在兩人一邊鬥嘴、一邊不知該拿這些法術轟炸如何是好的時候，一道聲音從他們倆的腦海深處響起。

「跑起來，我來掩護。」

兩人面面相覷。

這是心音……是很基礎的法術，但重點是這話的可信度有幾分？

「還發呆啊？車站都快垮了！」

未知的聲音著急了起來。

兩人不約而同的抬頭看著不斷落塵的屋頂，深深的嘆了口氣。

「我數到三往東側出口跑。」由乃從包包中翻找著東西，琳瑯滿目的各種古怪道具都被抓了出來，「有問題嗎？」

「等一下那些道具是？」亞澈看著由乃抓在手中的金屬小球，金屬表面上交錯寫著複雜的咒術，他的背脊不經意的顫抖了一瞬。

「反正……你只要記得這車站是魔族轟垮的，我只是增加一些聲光效果就好了！」

由乃露齒微笑，笑容看起來非常燦爛，但卻讓亞澈全身毛骨悚然了。

「記得要跑快一點啊……二、三！」

由乃一個甩手，金屬小球在空中畫出一道漂亮的拋物線飛行出去。

下一刻，兩人頓時拿出吃奶的力氣，奮力拔腿狂奔！

連亞澈都不清楚，自己這下到底是在躲魔族的法術，還是在逃離由乃的金屬球範圍了。

跑都還沒跑幾步，耳中一陣嗚聲，隨即「轟」的一聲，一股浩瀚的靈力衝擊掃蕩開來，空氣中的魔力波長完全亂序了，原先還在飛馳的法術頓時扭曲消散掉，強大的衝擊成為了壓垮駱駝的最後一根稻草，脆弱古老的車站就在所有人眼前坍塌崩毀了。

「小姐……剛剛那一顆該不會是滅靈彈吧？」

亞澈茫然的看著周遭所有法術都失去魔力消散一空，在塵埃之中聽到不少人的哀號聲，他不斷搜索著腦中和此情景相符的武器……不管心中怎樣逃避，到最後在腦中浮現出的還是只有那類危險武器。

「我……我記得那不是管制武器嗎？」

「咳咳！不要在乎細節。」由乃輕咳了兩聲，輕描淡寫的將隨身包包的拉鍊拉好並推到腰後，迴避著亞澈的視線。

這下換亞澈頭皮發麻了起來，滅靈彈絕對是管制中的管制彈藥，最常出現的場合不是戰爭，就是電影。

別看那小小一顆，在黑市的價格卻高到令人咋舌，除了能阻斷爆炸範圍內的靈力波動，重點是還能夠廣泛的造成靈魂震盪，可以說是殺人越貨、居家旅行的必備良品。

……但問題是這麼危險的東西，為什麼會出現在由乃的行李之中？亞澈真是百思不得其解。

「妳的行李之中該不會除了儲靈儀，剩下的都是管制彈藥吧？」亞澈不安的用視線探量著由乃，難怪她死命堅持不讓他幫忙揹！

「哪有什麼管制品！那些東西基本上都是我發明的，我最多最多也只是把一些無法量產的道具帶出來而已。」由乃強作狡辯的說著，但眼神卻心虛的完全不敢直視亞澈的雙眸。

亞澈狐疑的聽完由乃的解釋，探頭看了眼滿目瘡痍的景象，嘴角肌肉有些僵硬的抽搐著。他大概猜得到那些東西為什麼無法量產了。

這根本已經不是「滅靈」兩個字可以解釋的了，空氣中盡是混亂動盪的魔力，看著這騷亂的跡象，這地方大概有好幾個月都不用考慮住人了。

「這種威力……妳怎麼沒有考慮改行去當風水師，朝鬼門或者陰地丟個兩枚，保證自此風平浪靜，什麼鬼怪妖孽都無法鬧事。」

「喔！有啊，我有嘗試過，不過有時會波及到龍脈。要知道截斷龍脈的話，可不是寫報告書就能了事的。」由乃用食指抵著唇，回想著過往曾經的舉動。

聽著由乃的肯定，亞澈感到一陣暈眩……連龍脈靈力都能干涉到，這威力也太驚悚了！

「我以為妳是秘警署的部員，應該會特別奉公守法。」亞澈頹肩無力的說道。

「嘖嘖，法律是拿來鑽漏洞的，不是拿來遵守的。」由乃搖了搖手指，胸有成竹的講道。

……他終於知道為什麼這島國秘警署上國際新聞版面的比率這麼高了。

亞澈嘴巴大張著，頭疼的按了按太陽穴。連研發人員都如此有「遠見」，想必親臨現場的一線人員，絕對是更有真知灼見。

就在亞澈還在感嘆時，那心音又響了起來。

「這……裡……快點衝……到噴水……池中。」

陌生的聲音，此刻受到空氣中混亂的魔力影響，如同收訊不良的收音機般，心音的聲響忽大忽小的，惹得他們倆腦中一陣刺痛。

「他剛剛說衝到噴水池嗎？是原本的？還是現在的？」由乃困惑了，她的眼前的確是有座噴水池，或者說曾經是噴水池？

在車站廣場中，那八角形的水池，原本中間應該是兩隻鯉魚交錯，但此刻一條被轟到只剩半截魚頭，另一隻只剩下一小片尾鰭，別說噴水了，根本只剩潺潺水流緩緩流出，也許旁邊那些被炸斷的水管噴柱都還比較符合噴水池的定義。

「嗯……我也在納悶，但眼下似乎沒有思考的時間了。」亞澈望了一眼逐漸從失序的魔力中站起來的魔族和異獸，雖然個個都彷彿喝醉酒的醉鬼，走起路來搖搖晃晃，但那對殺紅了眼的目光，完全沒有半點失焦的緊瞪著他們兩個人。

「啊！算了啦！反正山不轉路轉！大不了……」由乃咬了咬牙，煩躁的看了眼自己的隨身行李，「我把為了這次旅行所特別製作的版本扔出去！」

亞澈吞了吞口水……他怎麼連想都不敢想像，由乃口中所謂的特別製作版本的威力。

「放心！我這次有記得加上逃生時間警示！如果距離遠一點的話……」由乃猶疑的補上最後一句，「或許可以留下個全屍吧？」

——不管那特別製作是什麼鬼，絕對不能讓由乃丟出去那個玩意！

亞澈緊緊握拳想著。

兩人的雙眼中各自泛起堅定的目光，卻沒想到各自心中是完全相反的企圖。兩人義無反顧的一同牽起雙手，朝那殘破的水池中間跨步跳了進去！

※　　※◆※　　※

「人進來了，結界關閉！」

一道陌生卻充滿威嚴的聲音，一聲喝下，十多道咒光從四面八方聚攏閉合。

明明是跳進噴水池中，兩人卻全身上下一處未濕。亞澈和由乃看著周遭，十多位身穿黑色法袍的法師錯落有致的站在他們四周。

回頭一看才發現別說是車站了，這裡……真的是他們熟知的那島國嗎？眼前的世界是由符文所構築而成的堡壘，除了幾百公尺之內的光景可見，再遠一點的就只剩下朱砂墨色不斷在奇異的蒼穹中閃耀浮動，若隱若現。

「這裡是？」由乃眨了眨眼，她知道很多異世界的描述景色，但卻沒有任何一個敘述符合當前的情況。

「這裡是畫中界。兩位，很抱歉把你們捲入了我們的戰爭，但深信兩位應該也不是普通人，能夠抵抗我們在地圖上所刻下的暗示的人，在這座島屈指可數。」一名披著黑色帽兜的青年，露出慚愧又無奈的苦笑。

聽到這裡，由乃對著亞澈翻了翻白眼，話語像是從牙縫間蹦出來：「原來……你是故意抵抗暗示，然後拉著茫然無知瘦弱幼小的我，闖入了這個鳥地方！？」

聽著這句話，亞澈的眉頭深鎖，因為可以吐槽的點實在太多了，他反而不知道該從哪裡開始談起了。

——妳？無知？瘦弱？幼小？要是每個無知瘦弱幼小的人都可以炸翻一群魔族和異獸的話，那聰慧強壯成熟的人不就毀天滅地了！？

但是眼下真的這樣反應回去，只怕不慎引起由乃衝動，而將畫中界炸爛，這樣就太對不起這群費盡苦心救援的人們了。

「我以為妳當時回握著我的手，是支持信賴的意思。」輕嘆了口氣，亞澈低下頭再抬起時，早已是一臉無辜的神色。

只見由乃整張臉頓時羞紅了起來，支支吾吾的甩過頭去，「你都握得這麼大力了……我當然就……煩死了！反正反正就是你的錯！」

雖然不再說話，但由乃的臉卻久久滾燙不退，只好快步跑到離亞澈有一小段距離的位置，背對著亞澈不斷用指掌輕搧著風吹涼自己的臉頰。

看著兩人的分離獨處，戴著兜帽的青年神情中閃過一絲陰影，緩步趨前到亞澈耳際旁，用近乎氣音的聲量悄然卻有力的細語：「閣下……身為惡魔之身卻隱瞞潛入這裡，到底想做些什麼？」

「不做什麼。我倒是比較好奇……你們做了什麼？」亞澈嘴角微彎，神秘的笑意在面上久掛不消，「能夠引起魔族特地從魔界殺到人間的恩怨，這……我實在很難想像。」

要知道，從魔界到人間，可不是什麼左轉到巷口買包泡麵之類的距離，更何況剛剛的一個照面中發現的狀況，讓亞澈心中的詫異感久久揮散不去。

雖然因為爆炸而塵土飛揚，沒辦法一窺全貌，但光是在塵土中朦朧透出的輪廓，就足以讓他驚訝不已了。

那是鹿角、牛角、羊角、甚至連龍角都出現在其中，隨便一數至少就有四個國家的魔族涉及其中。

魔族不是不會通力合作的種族，但自視甚高的他們，光是兩族合作便已經可以算是了不起的成就了……想要四族合作？在他所知曉的歷史中，從來沒有四族合作的記錄。

「我不否認我們所犯下的罪與業，但這並不關這座邊陲小鎮的事，我們的罪業我們自己承擔，與此相對的在罪業之外的無辜者，我們絕不允許被牽扯進去。」那黑帽青年眼神黯淡，但在那幽暗深邃中，一抹明亮不墜的意志閃爍其中，久久揮散不去。

「威仲哥哥……我們還不可以離開這裡嗎？」

一名小女孩身穿淡粉色連衣裙，跌跌撞撞的跑了過來，躲在那黑帽青年的腿後，緊張好奇的看著亞澈。

「小緹，再忍一下就可以了，再過不久壞人們就會跑回去，到時我們就能夠離開這裡了。」

威仲原先臉上的灰暗，在轉瞬間收拾的蕩然無蹤，換成了和藹可親的鄰家青年的模樣。他輕拍著小女孩的肩，安撫著她的情緒。

「好吧……」小緹不情願的緩緩轉身離去。

「原來如此，這就是為什麼這畫中界沒有被恐懼不安吞沒的緣故，對吧？」亞澈微笑了。

仔細觀察之下便能發現，雖然村民都帶著些許的困惑和緊張，但各個魔法師都會彎下腰、蹲下身，輕握著那些開始恐懼害怕的村民的手，緩聲輕言安撫著那些人的情緒。

「只要我們還在畫中界裡，那些魔族就拿我們沒轍，遲早人間大結界會幫我們收拾完一切。在那之前，我們只要讓所有人安分的待在這裡，一切都會過去的。」威仲自信的說著。

「不見得。」

亞澈表情出現一絲苦悶的笑了。

說實話，他很不希望自己的預感成真，但假如他們所選擇的方式真如自己所設想的話……

「如果他們可以從魔界穿越到人間，那沒有道理他們不能來到這畫中界裡。」亞澈甩了甩頭，「難道你認為人間真有這麼多高階召喚師，可以召喚數名高階魔族來人間嗎？我完全不這麼認為。」

「我們當然沒有這麼天真。」威仲皺著眉頭，他指著高掛於陣眼中間的那幅山水墨畫，「但仙界的法寶隔絕性之強——」

他的話語猛然哽歇在喉頭再也說不出來了，那原先清明秀麗的山水畫，此刻彷佛被黑黴沾染般，汙跡一點一點的擴散開來，清晰可見的山水景色正在被鯨吞蠶食成一團的渾沌。

「結界正在逐漸瓦解。」亞澈搖了搖頭，不解的困惑了，「你們到底做了什麼……讓魔族甘願觸犯禁忌？」

「還能做什麼？殺害王儲，罪不可恕！」

冰寒的聲音伴隨森冷的笑聲，從畫中傳了出來。

一隻手不疾不徐的穿過畫布，然後跟著是一對龍角、黑鋼鍛製成的肩甲，銳利的瞳孔伴隨著冷酷的話語，輕描淡寫的一手抓碎了整個畫中界的安寧。

「墮天之城王將，肯。」

威仲絕望的喃喃自語，流入了亞澈的耳中。

「你們可準備好受死了？」肯冷笑了一聲，完全不將周圍蓄勢待發的魔法師們放在眼中。

「我們去外面打吧，並不是所有人都有罪，有些人是完全無辜的。」威仲強自打起精神的盯著肯，卻完全掩飾不住顫抖不已的身軀。

「無辜?不……沒有人是無辜的，所有人類都是幫凶，只是我們先從主犯開始著手，至於你口中所謂的無辜者，也只是早點受刑罷了。」肯環顧著周遭敵對的視線，卻如視無物的說著，一點都沒有將自己被包圍的事實放在眼中。

畢竟對他們來說，人類的反抗他們從來沒放在眼裡過。

二流的武術、二流的魔法，不論在精神還是肉體都不能跟六界其他住民相提並論，真要說勝過之處，大概就是那旺盛的繁殖力吧。

但……那又如何?

踩死一隻螻蟻和踩死一群螻蟻，差別在哪?

最多大概就是破碎的嘎吱聲多了些罷了。

想到這裡，他冷哼了口氣，默默一手抄起了一直扛在背上的黑鋼長戟，沒有唸咒，沒有運氣，僅僅只是一個呼吸，那漆墨的黑鋼長戟燃起了紫幽般的焠焰，一閃一滅的燃蝕著畫中界的境域。

原先被視為牢不可破的仙界法寶，就在眾目睽睽之下一點一滴燒了起來。

「阻止他!」

威仲先是愣住了會，隨即發出號令。

但來自四周所有襲來的法術在靠近肯的當下，就被那幽焰燒成一抹殘華。

「阻止？可以的話就試試看啊！」肯饒富趣味的淡笑著。

他要在這裡看著人類被徒勞無功的努力吞噬掉，最後只能陷落在無法逃避的絕望當中。

但他掛在臉上的笑容還沒有持續太久，一顆亮閃閃的金屬球從不遠處，不慌不忙的循著空中完美的拋物曲線滑落下去。

一直在一旁躊躇自己該如何是好的亞澈，恍惚的眨了眨眼。

……剛剛是不是有什麼東西從他眼前晃過？

他起初還沒有回過神來，就在還懷疑納悶是否是錯覺的時候，眼角餘光卻不經意的瞄到了由乃那白纖食指上正不停旋轉的插銷。

「趴下！」

他整張臉刷的瞬間慘白，面無血色的喊了出來，同時趴下的動作做得絕對比國軍基礎教育裡的任何人都還要來得確實標準。

在所有人還沒有理解即將發生什麼的時候，金屬球毫無意外的被幽焰燃燒吞噬了，但幽焰所包裹的球卻發出危險的白光，下一刻將整團幽焰炸散了開來！

強大的衝擊波讓整個畫中界撼動不已，首當其衝的肯，在危急之中只來得及倉促布下護身結界，或許一般的滅靈彈可以這樣就被擋下，但是……

「出自由乃——絕無凡品！」亞澈咬牙切齒的憤慨道。他雙拳握得死緊，顫抖不已。

雖然亞澈不是墮天之城的居民，不過肯的威名他也是有所耳聞。大名鼎鼎的墮天之城王將，一人守護王城和平長達百年，其威風凜凜的姿態在魔界各城都有所名氣。

但……那傳聞中的姿態，絕對不是現在這副模樣。

臨近爆炸處的鎧甲被炸碎了大半，更別提裸露在外的頭髮幾乎被燒盡，只剩下些微的髮根依稀可見。

原先纏繞在黑鋼長戟上的幽焰完全被炸得紛飛，空間中殘存的滅靈效果，讓肯那始終保持睥睨的雙眼終於添了一絲訝異。

結果身為罪魁禍首的由乃，只是興致盎然的不斷拋接著手上的插銷，「呵，再燒啊～你就不怕下一個燒到的是核能戰略彈？」

猛然的一個人影無聲無息竄到她的身後。

「所以，妳的包包裡面該不會真的有那種鬼東西吧？」亞澈如一抹幽魂般，怨毒的盯著由乃手中殘存的插銷。

「欸？呵呵……那當然只是嚇唬他的，你當真覺得我會有那種危險玩意嗎？」由乃乾笑了起來，她完全被亞澈狼狽的模樣嚇著──亞澈滿臉都是塵土，身上的衣物沒半點乾淨的地方，由其是那對怨尤的雙目，讓她不寒而慄。

雖然聽著由乃的再三保證，但亞澈只是更加死白的緊盯著由乃的隨身包包，彷彿他的雙眼能發出X光般，洞穿裡頭的內容物。

就常理來推斷，他應該要認為由乃是在說笑，但不知道為什麼，心底就是有一股聲音不斷提醒著他：由乃絕對非常可能真的大概……將核武帶在身上！

「我自己都不知道我到底是跟秘警署還是跟恐怖份子同行啊……」亞澈仰望著

天空呢喃著。

「啊？沒關係，我也不知道。」由乃沒有聽清楚亞澈的話語，只是用一臉的單純回望著亞澈。

The summon is the source of chaos

Chap.3 誰說我是軟弱的鹿角？

剛剛被人群包圍卻沒有顯露一絲慌亂的肯，這時心緒首次出現了波動。

雖然難以置信，但是必須得承認，自己的魔力確實受到干擾了。肯握緊了拳又鬆了開來，在心中詫異想著。

魔界不是沒有可以干擾對方魔力迴路的前例，諸如詛咒、毒藥比比皆是。但……那是魔界，更何況在魔界長達百年的鎮守，肯早就對於這種牽制型的攻擊已有抗性了。

然而，此刻他卻真真切切的被人類的攻擊牽制住了一隻手。

看來，對於人間的實力要重新下結論了。想到此，他的雙目便不自覺的鎖定在由乃的身上。

感受到炙熱的目光，由乃毫不在乎的回眸一瞪，手在包包中一摸索，轉眼就像又要扔出個什麼危險道具。

「妳又要扔什麼了？」亞澈的心馬上懸在半空中，一個箭步的就跳上前去抓住由乃的手腕。

「滅靈彈——」由乃隨口回應著，看到亞澈毫不信任的眼神，才遲疑的追加上補充：「呃……加強版。」

「妳還扔啊？等這件事情過後，妳一定要讓我檢查妳的包包！」亞澈終於受不了的大喊出來。

「輸人不輸陣，總不能讓他如此瞧不起人類吧！」由乃滿不在乎的冷哼一聲。

「但是小姐，我們現在這裡是畫中界，本來就已經被他的闖入搞得很不穩定了，妳剛剛那一彈更是雪上加霜，現在要是加強版再扔出去，我怕我們到時候就直接空間瓦解了！」亞澈緊抓著由乃的肩膀搖晃道。

「啊啊！對喔……呵呵這個嘛，我完全沒想到，畢竟人有亂蹄，馬有失足，抱歉抱歉。」由乃恍然大悟的深吸了一口氣，搔了搔臉頰。

「對啊對啊……吃芝麻哪有不掉燒餅的對吧？」亞澈笑的非常空虛無奈。

「閒談結束了？」肯挑了單眉，手上的黑鋼長戟劃空橫掃，冷冽的寒光在空中留下一道斬擊的痕跡。

就只是這輕描淡寫的揮擊，讓原先緩和許多的氣氛又再度凝重了起來。

亞澈輕輕的嘆了口氣，結果平衡還是沒有被顛覆，兩邊的實力差距雖然縮短，但對方或許光憑武技就能血洗整個畫中界了。

「我真的不能丟出去嗎？」由乃強忍衝動的問向亞澈，手卻早已在包包拉鍊上游移著。

「不行，忍住！」亞澈搖了搖頭。

「果然人間的人不只沒有力量，連反抗的勇氣都沒有了？」肯眼底暗影浮動的看著由乃。

「……我的忍耐是有極限的。」由乃咬著牙，全身因為按捺不住怒火而發顫。

「忍住……真的把這空間摧毀了，外面的魔族就會殺進來了。」亞澈拍了拍由乃的肩，用盡全力安撫緩和著她的情緒。

「放心吧……扣除守護穿越陣法的魔將，能進來的也就不過是些軟弱不堪的鹿角。」肯聳了聳肩，挑釁的盯著由乃的包包。

「亞澈，我真的不能扔——」由乃怒火中燒的看了一眼亞澈。

「扔了吧。」亞澈淡淡的說。

「不要阻止我！」由乃氣憤的怒吼，卻在下一刻傻眼了，懷疑剛剛自己是不是聽錯了，「你剛說什麼？」

「我說扔了吧，我們一起給他好看。」亞澈嘴角微彎。

——這不對勁！

由乃注意到亞澈的表情，雖然還是掛著一抹微笑，但卻完全是皮笑肉不笑，甚至還有一分怒火隱含在眼眸中蘊動。

「呃……剛剛發生什麼了嗎？亞澈？」

亞澈笑而不語的張開了腳底下的魔法陣，就在所有人面前把自己的偽裝褪去，露出了如墨玉般的鹿角、墨羽般的雙翅，就連魔威也完全沒有一絲保留的宣洩而出。

——這真的是……太詭異了！

由乃震驚到下顎微張，完全說不出話。

亞澈有多排斥在外人面前露出真身，由乃比誰都還要清楚，但是這一刻，亞澈完全沒有任何保留和預警的就在一群村民和魔法師面前展露真身。

「墨玉鹿角……混亂王族。」肯的眼睛張大，他是有察覺到那少年的魔力頗詭異，但竟然好死不死是混亂王族！

「你剛剛稱誰是軟弱不堪的鹿角？」亞澈雖然淡笑著，但是眼底卻完全沒半點笑意。

一股沉默與尷尬在兩人之間擴散了開來，相對於剛才肯的不斷挑釁和輕視，現在他的態度是恭敬的並且慎重對待亞澈，但兩人之間的空氣就像是凝滯般，完全沒有任何互動的機會。

「有人知道到底發生了什麼嗎？」現在換由乃傻眼了，她完全不能理解發生了什麼事情，印象中亞澈的生氣向來都有跡可尋，但這次卻幾近是莫名怒火。

「我大概知道。」威仲呢喃著，迎來由乃好奇的目光，他解釋道：「在魔界，用『角』直接稱呼對方，是非常不尊敬的行為。」

「很不尊敬？」由乃困惑的複誦道。

「大概就是不把對方當人看的意思。」威仲猶疑的緩緩說出，「有點像是人間的瞎子、啞巴、智障這種稱呼方式。」

由乃聽到後困惑的皺了下眉頭，確實這種方式是可以勾動某些暴躁易怒者的怒火，例如自己……但是亞澈有這麼容易，因為這種程度的辱罵而火大到現出真身？

這真的很匪夷所思。

「雖然我剛剛的措詞有誤，但閣下到底是誰？據我所知，希瓦娜陛下從來沒有皇子過。」肯用雙眼不斷打量著亞澈髮際間伸出的墨玉鹿角。

那毫無疑問是混亂王族血脈的象徵，但是……混亂之后希瓦娜是什麼時候有王子了？

要知道，魔界雖然諸多勢力交雜在一起，但混亂王族絕對是交集點的中心，即使混亂王族已經久未征戰，可是那不代表有人敢不把混亂王族放在眼中。

雖然他沒有太多次與混亂之城的對壘經驗，畢竟混亂之城絕大多數都是靠強勢的經濟與外貿實力，將爭端還沒延伸到沙場就已經被抑止了。細數最近一次的經驗，也已經是百年前和魔后希瓦娜的一戰，那場戰爭……失敗得一派塗地。

魔族大體算是精神生命體，所以言靈難以發揮效用，這種專對精神造成打擊的法術，大家或多或少都隨著生命的歷程而懂得如何抗禦。

但也因為這一點……一旦言靈起了作用，效果將會是毀滅性的打擊。

那場戰事，希瓦娜僅帶著十二位高階祭司面對著千軍萬馬，那十二位高階祭司在臨戰的第一瞬間只是把自己的雙耳毀去。

忍著劇痛，那十二位祭司用生命與魂魄構成了魔族的秘法護界，然後希瓦娜就在眾目睽睽之下，眼眶微濕的垂首闔眼……唱名。

十二萬軍馬，只有一萬多餘全身而退，剩下的不是瘋了，就是死於絕望。

就是在那一場戰爭，魔界諸國體認到，混亂之國強的不僅僅是經濟與外貿，更強的是隱藏在表面之下的同心一體。

魔族的秘法護界可不是隨便湊個一打人就能施展開的，在失去聽覺的時候，還能夠異口同心的將自己的靈魂奉獻出去，用來捍衛王者的降臨，這在為自我而活的魔界簡直是異端到極點。

在那場戰事之後，混亂之國雖然獲勝，卻降半旗哀悼了一個月，全國同喪……直到今日，混亂王城的廣場噴水池雕像依然被國民尊敬奉拜。

「我是誰很重要嗎?汙辱了十二祭司，只要身懷混亂之血，都沒有理由退卻在一旁吧?」亞澈淡定的說著，下一刻……抬手就是魔導槍一發，乳白色的光暈疾射出去！

迅雷不及掩耳的速度讓所有人都反應不過來，但那之中卻並不包括肯。

他只是輕輕的側過頭，完全迴避掉瞄準頭部的第一發偷襲。

而亞澈彷彿對於偷襲的失敗也沒放在心上，只是不斷的按下扳機，將一發又一發的魔導光射出，數量之多，讓肯不得不放棄了閃躲，轉而張開了守護結界，把如流星群般的魔導光擋在結界之外。

但越是驅擋在外，肯越是有種無法言喻的古怪感油然謀上心頭。

——這……不符合記憶中混亂魔族的戰鬥方式，捨棄了言靈，依靠單純的咒光壓制，這幾乎是事倍功半的做法，真的很令人納悶。

——而且奇怪的還有，這咒光的性質怎麼好像柏油一般黏稠緻密……整個就超級噁心！

就在疑惑重重的心態下，他的護身結界早已被那咒光淹沒了，鋪天蓋地的都是乳白色的光波，把視野的一切全都吞噬殆盡。

「等一下！該不會！」

肯瞪大雙眼察覺不對勁的驚呼，手中長戟一揮，刀光將所有咒波切裂開來，緊接著將長戟高舉旋天迴盪，把支離破碎的咒波襲捲掃去。

刺眼的咒波之外，早已空無一人，只剩下兩臺古怪的儀器還杵在原地機械性的丟出一團一團濃稠的魔力塊。

「該死！」

肯的怒吼貫穿整個空蕩的畫中界。

※　※◆※　※

遠方的森林裡，樹梢晃動不止，三抹黑影就這樣不斷在群樹間穿梭，身下的便攜型魔導浮空板完全沒有留下半點蹤跡的正在遠遁逃逸。

「所以說你剛剛只是借酒裝瘋？」

由乃嘴巴微張的看著亞澈，因為過於驚愕差點就迎面撞樹，要不是浮空板的安全駕駛系統自動啟動，只怕剛剛就發生一樁慘案了。

「那……應該是叫借題發揮吧？」亞澈錯愕了一秒，雖然他中文分數沒有拿到頂標，但應該不是這種用法吧？

「畢竟我的種族和身分……要不是他的口誤，實在難以介入。」

「虧我剛剛還在筆記魔族也會缺鈣暴怒，正在思考等等要幫你買小魚乾和牛奶……」由乃完全放心的將駕駛改成跟隨模式，嘖嘖幾聲的看了一眼剛才自己特地用紅藍二筆所書寫下來的筆記。

亞澈啞口無言。

真正還處於震驚狀態的是一直默默跟在身旁的威仲，他腦海中還記得當時亞澈那怒火中燒的狂射，滿腔的憤怒卻在咒光淹沒的瞬間收得一乾二淨、轉為平靜，和由乃雙目相對不過幾秒，由乃就心領神會的開始架起兩臺古怪的儀器……

「雖然我沒有研究過仙界法寶，但從魔力的流動狀態觀察看來，它應該留有後門吧？」由乃一邊抹去了臉頰上的黑色機油，一邊詢問道。

「有是有……」威仲完全無法理解這問題的含意，在他看來，對方根本不會留給他們打開後門逃跑的機會。

「那還在猶豫什麼?快走吧!」由乃鬆了口氣站起身，手輕敲著那兩臺奇形怪狀的儀器。

「所以……他要留下來斷後?」威仲困惑了，如果沒有人斷後，絕對不可能從肯的手中逃掉，眼下能夠攔住肯的，大概就只剩下亞澈了。

但一對陌生的旅人願意冒大險來斷後?別說人間沒這麼有大愛，講究慈善與大愛的神界大概也絕無僅有。

「當然——不會有人留下來斷後。」由乃信心十足的將板手高舉擱在肩上，頰上的機油痕漬此刻發出自信光彩，「我可是這島國的魔工學第一把交椅!」

結果事實就是來了一招兵法學上的金蟬脫殼，藉由儲靈儀的改造和第二個畫中界，三個人就這樣帶著百名村民上演了一場軍法實演。

「你說這場騙局可以上演多久?」由乃滿富趣味的說著。

「十……秒就偷笑了。」亞澈乾笑了，摸了摸自己的鹿角，笑容漸趨苦澀，搖搖頭道:「對方不是笨蛋，那種戰爭都不知道經歷過幾十場的狂人，能唬個十秒就不錯了。」

……真的能唬住對方的關鍵，是取決於對方多忌諱混亂王族的名諱，但說實話，他自己也沒有什麼信心。

若不是那黑鋼長戟上的怨氣沖天，讓他深信對方的話語沒有半分玩笑，是認真的要把所有在場的人抹殺掉，不然他一定不會賭上自己真身的樣貌來讓這群人逃命。

但是假如自己的同族真的參與了這次的追殺，那被芽翼和母后知道的話，下場肯定好不到哪去。

想到母后那威儀的神態，他自己都開始有點膽顫心驚了起來。

很快的，三人穿過了森林，此處已經可以遠眺到臺中的夜景了。

「那我們就送你們到這裡了，我們身上的魔族氣息，應該可以把對方的注意力轉移到我們身上。」亞澈指著和臺中相反的另一條路。

兩人就這樣和威仲揮別了手，兩邊背對著互相走了幾步路，還沒有走多遠，兩方不約而同的駐足了。

「你們知道我所隸屬的組織嗎？」威仲咬了咬牙，終究還是沒有忍住，眼神黯淡的說。

亞澈和由乃表情古怪的互望著，亞澈嘴角微彎了起來。

「能夠獵殺魔族王儲的組織，我深信就算放眼六界也不會太多的。」

「即便這樣，你還是幫助我們逃亡？」威仲詫異的看著亞澈。

「也許是因為……村民的信任和你們關懷的情緒交織在整個畫中界中，所以我完全無法袖手看著慘案在眼前上演。」亞澈輕握著由乃的左手，壞壞的笑說：「而且，總不能讓輻射塵暴汙染這座小島吧。」

「這你倒不用擔心，我有設定自我分解術式，核汙染過半徑兩百公尺就會自我分解了。」由乃下意識的順口回答。

「所以妳真的有帶那鬼東西出來？」亞澈瞪大著雙眼，完全不敢置信。

「啊哈哈……真是的，這當然只是個玩笑啦！魔族真是沒有幽默感，該不會你們跟德國人有血緣關係吧？呵呵！」由乃突然意識到剛剛自己的言論，連忙摀住了自己的嘴，乾笑不斷。

「妳……」亞澈氣急敗壞的盯著她，抓了抓頭卻又找不到下手的方向，「總之冤有頭債有主，就算你們隸屬於同一個組織，也不代表我看到就必須趕盡殺絕。」

「但是……」威仲完全無法理解的看著亞澈。

「所以先生你是很希望我們在這裡跟你幹架嗎？」由乃煩悶的轉頭看向威仲。

「當然不是。」

「那不就得了！」由乃拍了聲掌，興高采烈的笑說：「真的要幹架，我們也很歡迎，只要不牽涉無辜百姓的話。」

——我！妳……到底誰跟妳歡迎幹架啊！

亞澈啞口無言的傻在一旁。

注意到亞澈那目瞪口呆的模樣，由乃雙眼挑了挑，湊到他耳旁輕聲細語的笑說：「演技這麼好，怎麼沒有報名奧斯卡？嘖嘖……我都在懷疑現在的你，反而是裝出來的了。」

看著亞澈臉紅害羞的模樣，活生生像是煮熟的章魚般，由乃發自心底由衷的鬆了口氣，這招轉移注意力真是屢試不爽！

「但是罪業會不會放過這次機會的，難得你脫離了林文的保護，要是其他人知道你現在的下落，一定會傾盡全力來抓捕你的。」威仲於心不忍的黯然說道。

「這跟林文他們有什麼關係？」亞澈眉頭深鎖了起來。

「你不知道嗎？」威仲一副全然不可置信的模樣，「要不是林文他們罩著你，我們早就下手了。」

「可是林文他不就是普通的召喚學教授？」由乃歪斜著頭，完全的困惑，攤了攤手說道：「最多就是召喚學方面的成就了不起罷了。」

威仲默然了好幾秒，才緩緩的呢喃道：「看樣子，你們真的什麼都不知道呀……」

亞澈和由乃面面相覷的同時，看見彼此的瞳孔中倒映著相同的問號。

——我們兩邊所在討論的是同一位林文嗎？

※　※◆※　※

「啪滋」一聲，噴水池的中心空間彷彿漣漪般不斷扭曲，最後定格了剎那，玻璃般的裂痕如蛛網般散布，最後破碎了開來，一捲中國山水畫冊就這樣憑空出現，沒過多久就焚起紫焰燒成一抹灰燼了。

「這到底是怎麼回事！」肯怒氣衝天的咆哮出來，他甫一踏破結界就急衝到一鹿角的惡魔前，手緊抓著那惡魔的領口不放，「你最好給我解釋清楚，為什麼混亂王族會放跑罪業會！」

「混亂王族？魔后之女此時都應在魔界，怎會來人間？又怎麼放跑人？」芽翼皺著眉頭，露出一臉全然困惑的神情。

「重點就是那位王族還是個男的！」肯鏗鏘有力的一字一字吼出。

「魔后並無王子，我想這應該是全魔界皆知的事情。」芽翼的眼底暗光竄動，卻只有在瞬間浮現，隨即迅速隱沒，讓肯完全以為只是錯覺。

「這我知道，但只有王族的鹿角才會如墨玉般通透清澈，這一點不也是天下皆知嗎！」看著完全不解的芽翼，肯獰笑了起來，「不過這樣也好……如果他真的不是混亂王族，那我對他下手也沒問題吧？」

「那是當然，只是此事有可能是罪業會的把戲也不無可能，對吧？」芽翼低頭沉思過後，緩緩說出腦海中的假設。

「總之，既然不是王室，那就隨我處置了。」肯怒極甩手轉身離去。

「肯……事實上我有一件事要跟你說。」芽翼語氣突然轉為嚴肅正經的腔調，昂首挺胸，甚至連雙翅都合了起來。

「做什麼？突然拿出王禮來這麼認真？我可不是王族。」

肯一臉詭異，這是非常正式禮節，幾乎只有在王公貴族的典儀才會展現出來的姿態。

「沒辦法，這是必要的儀式……以魔后之羽令，斷憶碎魂。」

芽翼的手中不知何時，高舉著一枚墨黑色的羽令，琉璃剔透的魔力不斷從羽柄處緩緩瀉出，如同泉湧般源源不絕。

肯甚至連驚訝的神情都還來不及做出，雙眼就轉趨為空洞茫然的荒涼，芽翼看著呆若木雞的肯，輕輕的嘆了口氣。

芽翼高舉的右手翻轉著羽令，低下的左手卻握著跟某種猛獸的尖牙，牙長不過幾吋，但詭異的綠汁卻不斷從尖牙末端滴漏而出。

「這一切都是為了混亂王族，抱歉了。」芽翼看了看手中的尖牙，淡然的呢喃道。

尖牙緩緩的從肯的頸側刺入，即便傷口鮮血如注的不斷湧出，肯的神情依然是一派的茫然，彷彿不是自身的傷口。

血水逐漸轉為墨紅，然後……血液開始化成點點的黑灰，然後是毛髮、肌膚、骨肉等散落成一小簇黑灰，輕風一捲，肯的存在就這樣完全消失在六界裡了。

「接下來要怎麼辦才好？」芽翼抿了抿嘴，手中的袖珍魔法陣在掌心展開，亞澈和由乃的身影在魔法陣中清晰的映出，「善後工作要從哪裡開始著手呢……」

※　　※◆※　　※

「你們都不曾懷疑過，罪業會明明清楚你們的所在，卻遲遲沒有發動攻擊的原因？要不是你剛好出現在神族結界附近，我們根本沒有想過在臺北動手的可能。」

威仲嘆息了，雖然身為後備人員的他沒有參與那次圍攻林文的戰役，但事情的始末，在罪業會可是開會檢討到鉅細靡遺了。

檢討的焦點是——在沒有人可以徹底絆住林文的現在，也就沒有人可以動得了亞澈。

他們犧牲了一個少祭司，卻完全沒拖住林文，只能說……損失慘重。

如果可以秒殺亞澈也罷了，但問題就是他們需要把亞澈帶到儀式會場附近，再展開獻祭，而亞澈當然不會束手就擒，在種種條件之下，結論——

……無解。

威仲輕輕的搖了搖頭苦笑。

「我以為是因為秘警署總部就在五百公尺遠的關係。」亞澈呢喃道，不然還有其他可能嗎？

「秘警署！？我們從沒把秘警署放在眼裡過。」威仲愕然了一瞬，注意到一旁由乃微怒的目光，他連忙揮了揮手，「這不是說大話，在人間……就算是梵蒂岡神譴部隊，我們也視若無物。」

聽到這句話，由乃完全震驚了，梵蒂岡的神讚部隊在各國之間都是不可輕視的存在，藉由強烈的信仰和默契所合唱出的聖詩咒歌，不知道粉碎了多少神敵和巫妖的野心。

這樣的強大竟然完全不被放在眼裡？

「你是說你們不把神讚部隊放在眼中，卻會害怕林文他們？」由乃蹙眉了。

「如果妳見識過那般光景，妳也會了解我們為何如此恐懼。」威仲身體不自覺的顫抖了，那已經是遙遠記憶中的光景了，但直到現在，他一回想到當時的血海與碎肉瀰漫的大地，他的全身就會無法克制的冰冷起來。

「不行，那已經不是我可以用言語所形容的記憶了。」威仲面如死灰，牙關不停發顫，「我到現在還是依賴強烈的言靈才能站在這裡，即便如此……我再也無法親自站上前線了。在那之前，我曾經以為我見識過地獄，但直到那一刻我才了解到，那不過是我幼稚天真的想法。」

「那就算了吧，我不想逼迫人。」亞澈深吸了一口氣，將空氣中散亂不安的恐慌全數內斂成充沛的魔力，「而且，如果這是我們需要知道的事情，林文他們一定會主動告訴我們，但到現在他們都沒說，那也一定有他們的理由，我們只需要等待就可以了。」

聽到亞澈的打住，威仲才鬆緩了口氣，兩人完全不發一語的沉默了。

眼看情勢就這樣底定，由乃愣了下，左顧右盼的好一會兒，心想：什麼！？老大，你們話都習慣只說一半嗎？你們不知道八卦說到一半喊卡，是非常要不得的行為嗎！

她實在很想跳到亞澈的身上，扯著領子大喊說：我想聽完八卦啊！

「妳覺得我的說法有錯嗎？」亞澈看了焦躁不安的由乃一眼。

「當然……沒有。」由乃支支吾吾的掙扎了片刻，還是黯然的垂下頭，放棄了追問的可能。

「我想我們該分開了。下次見面，我們就是敵人了。」威仲看了一眼袖中的畫冊，淡然的說道。

「我想也是。」亞澈點了點頭，眼神卻飄忽的看向另外一個方向，神情轉趨嚴肅木訥。

看著亞澈轉移開的視線，威仲沒有再說什麼，只是沉默的快步走遠了。

由乃心中無法遏止的懷疑念頭，如同墨汁滴上宣紙瞬間渲染擴散，充斥了整個心頭。說實話，這次與威仲的接觸，讓她對於罪業會的印象改觀了不少，但是這件事情真的有蹊蹺之處，假如罪業會對林文如此記憶深刻的話，那麼林文真的對罪業會沒有半點印象嗎？

由乃低語著：「該不會林文一開始就知道罪業會的存在吧？亞澈你覺得呢？」

「……亞澈？」

由乃沒有聽見亞澈的回應，她納悶的歪著頭，看著不發一語的亞澈望著空無一人的農田發愣，出神的程度就連她在旁邊不停的叫喊都沒有任何反應。

……這是在望春風嗎？別說現在不是春天，況且看著一堆香蕉樹難道是在暗示什麼嗎？

由乃正要再喚幾聲時，亞澈莫名的又現出真身的模樣。

不知道為什麼，由乃現在只要看到亞澈現出真身，頭皮就會發麻起來，因為亞澈不會莫名其妙的現出真身，所以現出真身就代表……大禍要來了！

「住手吧！」亞澈突然喝令出聲，手突然張了開來擋住道路，眼神直挺挺的瞪著空無一人的香蕉田。

看著亞澈突如奇來的舉動，由乃皺著眉頭凝神看著前方。

眼前的空氣彷彿斑駁的油漆，一點一點的剝落，一位張著黑色蝠翼、頭頂著幽綠玉骨鹿角的男子，不規則晃動的鬼火圍繞其身，一閃一爍的發出翡翠灰光。

男子那張面孔宛如石膏雕飾般，莊嚴而沒有半分嘻笑的看著亞澈，露出滿臉的困惑和納悶。

由乃完全驚愕到啞口無言的指著那蝠翼惡魔。

「王子，知道你真身的人都不能留。」芽翼淡然的說：「尤其……對方還是罪業會的人，更是沒有留著的道理。」

「不需要無謂的殺戮。」亞澈眼神堅定的說道，手完全沒有要收回——他沒有要讓芽翼通過的意思。

「這並非無謂，王子怎會不知？」

芽翼的身子一晃，但亞澈的身影如影隨形的跟著擋了上去。

「不需要。」亞澈再次否定了芽翼的話，「人類的壽命很短，我們根本不需要動手。」

「壽命再短，神隱年不也持續了好幾百年？」芽翼冷冷的說完，看著一旁坐立不安的由乃，「再者，例外之所以是例外，就代表不能太多啊。」

「我不知道你是誰，但例外之所以是例外，就是它的不可預期，不是嗎？」由乃皺著眉頭，猛然插嘴了。

……果然不愧是待在秘警署的。亞澈先是愣了一下，隨即噗哧的笑了出來。原先尷尬的場面，因為亞澈的笑場，氣氛沖淡了不少。

看著亞澈的忍俊不禁，芽翼欣慰的嘴角微彎。看來在人間，王子真的快樂許多，但是該做的事情還是不可以荒廢。

他深吸一口氣，正要穿過亞澈身旁時，亞澈自然而然的扯住他的衣角不放，冷聲道：「這麼久沒見，你就這樣轉身離去？」

「王子，罪業會不能放過。」芽翼完全沒有理會由乃的提問，正色道。

「罪業會已經存在好幾百年了，也不差這一時半刻，但有些事情我卻想要現在就搞清楚。」亞澈聳了聳肩，手指完全沒有一絲要鬆開的意思，「我想了解，魔族來到——不，應該說遠征人間的目的到底是什麼？」

「等一下？遠征是什麼意思？」由乃愣住了。遠征？所以現在是要十字軍東征魔界版嗎？

「你怎麼會覺得是遠征？」芽翼饒富趣味的看著亞澈。

關於魔族聯軍的事情，魔后要求他三緘其口，所以理論上來說亞澈應該是不會知曉才對，除非……那名召喚師跟他的惡魔女僕說出口了，但根據他這幾個月的觀察，這種機率微乎其微。

「不然呢？魔族只會被利益所勾結，我不相信各族會突然手牽手來人間團體旅遊。」亞澈扳了扳手指，隨便數數就三族以上，這數目很不對勁……簡直是太不對勁了！

「王子，你確定我們接下來談的話題，能夠讓這個女人知道嗎？」芽翼瞟了由乃一眼。

「可以，這裡是人間，她當然有權知道。」亞澈苦笑了，「總沒有客人瞞著主人裝潢居家的道理。」

芽翼嘆息了，來人間還沒多久，王子就完全胳臂往外彎了，再這樣下去，搞不好移民申請就遞出來了。

「我名為芽翼，是王子唯一的侍衛，王子失蹤的這段時間，魔界諸國也跟著雞飛狗跳，諸國的王儲皆跟著神隱，原本想說又是神隱年的降臨，諸國都一片愁雲慘霧，但最後我們卻接獲了一項情報。」

芽翼向著由乃簡短的自我介紹完後，從懷中摸出一枚橙黃色晶礦，接著將暈染開來的紫色魔力滲入晶體中，晶礦的核心發出了點點星輝，每一顆星輝殞落時，話語聲也跟著傳出。

那是林文和琳恩兩人和一個陌生聲音的對談記錄，由乃聽著他們的對話，不停的忍笑，忍到全身不停發顫。

「這到底是什麼對話內容啊，二十八歲的處男！林文他們也太爆笑了吧！」由乃笑到眼淚都流了出來。

但亞澈卻完全笑不出來，他深知這是那次他昏迷重傷時的對話，雖然林文和琳恩都說他不需要在意，但那段記憶現在回想起來，仍然讓他十分歉疚。

「你們從哪裡得到這段記錄的？」亞澈接了過來，仔細端詳著那塊晶礦。

「契爾瓦所販售的……所費不貲。」芽翼的眼神憂鬱了起來。

「沒有影像類型的嗎？」由乃也順手接了過來，讚嘆的翻轉著晶石，仔細的看著魔法陣的運行。

「有，但是價格……大概是混亂之城一整年的稅收吧。」芽翼面如死灰的輕聲喃喃道。

——果真是名聲響徹六界的合法土匪公司！

亞澈和由乃從心底替混亂之城的國庫致哀。

這種能夠大撈海撈的生意，亞澈絲毫不覺得契爾瓦有手下留情的可能，僅僅是聲音記錄的樣本都能夠讓見慣王族雄厚財力的芽翼如此暗淡消沉，他完全不敢想像手中的晶礦價位有多高。

「總而言之，藉由這項記錄，我們得知王子你在人間尚且安然無恙，魔后陛下在收集各項情報之後，終於推敲出神隱年背後的真相。」芽翼淡漠的訴說著，「那就是罪業會的存在和罪孽。」

「但諷刺的是，人間並沒有多少召喚師能夠和吾等高階魔族締結契約，而若是低階惡魔，只怕是打草驚蛇。所以想來想去，我們只好親自降臨人間了。」

芽翼沉吟片刻，將自己脖子上的一條墜飾提起，那是一條有著各種奇特圖騰的寶石排列構成的頸飾。

「藉由魔界諸王諸后的力量，我們代表著魔界諸國來到了人間，誓言為殞落的王儲血債血償。」

亞澈瞠目的望著那頸飾，心中的訝異完全無法形容。這已經不是幾個種族國家了，那些圖騰所代表的是魔界七大種族的各族紋章，這根本是全魔族的征戰了！

「但是這件事情和一般人類百姓沒有關聯不是嗎！？」由乃心裡翻騰著一股困惑的怒火，「我看到的是肯追殺罪業會，追殺到連無辜的村民都沒有要放過的意思！」

「這些……自然不是諸王與諸后的意思，但不可否認，魔族對於人間向來輕視不屑。」芽翼疲憊的揉揉眉間，「但那不代表所有的魔族。就像人類有百百種，魔族自然也不例外。」

「哼，上梁不正下梁歪。」由乃頭撇過去低聲咕噥著。

她聲量不大，卻剛剛好可以讓芽翼和亞澈聽到，但音量卻又模糊得讓人感覺彷彿是由乃喃喃自語一般。

……這句話是不是也罵到了他啊？亞澈搔首苦笑著。

但這真不能怪由乃會這樣想，肯當時的語氣，彷彿就是承接王命一般，完全沒有任何猶疑和徬徨就要對普通人痛下殺手了，很難想像在來到人間時，王曾有規範勸戒過。

「總之，該交代的我也都交代了。王子，罪業會之事還請你不要再插手介入了，這件事情王子你最好當作不曾知曉為上。」

芽翼張起雙翼，轉眼就要振翅離去，但亞澈還是緊抓著芽翼的衣襬不放。

「最後一個問題，你還是認同我王儲的身分對吧？」亞澈莫名其妙的戳了戳自己的胸口。

「這是當然，我從不曾質疑過王子的身分。」芽翼愣了一下，完全無法理解亞澈這問題的用意。

「那我以王儲之命下令，請過三日再去執行后命吧。如果三日之後，依然有無辜的人類被牽連其中，還煩請手下留情，至少魔界與人間實在是不需要無謂的犧牲。」亞澈無奈的聳聳肩。這已經是他所能夠想到的最折衷的方式了。

芽翼看著亞澈平淡如潭的雙眸，欲言又止了好幾次，最後還是搖了搖頭，嘆了口氣的說道：「屬下遵命。」

想起亞澈和芽翼之間的爭執，由乃心中挑起了不小的震撼。一直以來，她從不認為各種族之間的歧視會成為什麼問題。

她在秘警署的這幾年，雖然從來不是第一線作戰人員，但總會有些異族的人來到秘警署做筆錄。仙人也好，神族也見過，就連幽冥使者也攀談過幾次，她雖然可以感受到若有似無的鄙視目光，但都還在可以忍受的範圍。

最多就是秘警署在茶餘飯後閒嗑牙之時，嚷嚷著「某某仙人今天踐個二五八萬個屁！」之類的話語，大家一笑置之，反正該遣返的就送回各界，該拘禁的就封印受刑。

但是，這還是第一次有異族集體來到人間引起糾紛，而且完全不在乎身受池魚之殃的無辜人類百姓。

這讓她非常訝異和震驚，連帶著現在一轉頭看見亞澈的臉龐，都不得不帶著點疙瘩，沒有辦法如往常般暢所欲言。

「妳很在意魔族攻擊罪業會的事情嗎？」亞澈有點茫然。

「我……我……」由乃愣了愣，隨即抱頭大喊了出來：「啊！煩死了！哪有突然跑出這麼多事情的！大家一起和和樂樂的有什麼不好？而且罪業會的事情關一般村民屁事啊！」

「雖然我從沒看過芽翼執行任務的模樣，但我所認識的芽翼不是一個喜歡殺戮的人。」亞澈抿了抿嘴，抱住了煩躁不安的由乃，在她的頸側低聲細語。

「我知道，我只是有點煩，我要是又遇到了一個殘害無辜的魔族怎麼辦？難道我要在你眼前動手嗎？」由乃眉頭深鎖著，重重疊疊的迷思不斷交雜著，「你是王儲，這樣看到我痛毆魔族，難道不會讓你厭惡我嗎？」

「重點是，如果你因為這樣而厭惡我的話，這就是我最不願意面對的事了。」由乃低聲的說著，語氣無比低沉落寞。

「妳是笨蛋對吧？」亞澈拉長了臉，「還是那種會突然耍笨，智商前面直接加個負號，和正常時相比完全無法比擬的那種笨對吧？」

「你再說什麼啦！我可是很認真的在煩惱耶！」由乃惱火的盯著亞澈，卻發現亞澈完全就是一副看笑話的神情。

「妳這位主的信徒，都願意跟神敵一同出來環島了，卻會擔心這種鳥事？」亞澈沒好氣的說著，「這樣說好了……難道妳會因為我不滿的樣子，就看著眼前慘案發生？不可能吧？妳可是由乃耶！那個敢亂轟亂炸，身體比思緒快，炸藥比拳頭猛的由乃耶！真有一天妳會因為顧忌我而扭捏時，我反而還要懷疑妳是不是被哪隻鬼上身了。」

「我哪有你說的這麼直腸子！」由乃不滿的扁了扁嘴。

「哼，直腸子？我看根本是沒腸子吧。」亞澈嘴角一彎，輕然的噴了口氣。

「亞澈，你欠揍對吧？」由乃折了折手指，發出嘰嘎的聲響。

「有時間生氣，就沒時間胡思亂想的話也好。」亞澈手一攤，沒有任何反抗的意思，完全一副聖人犧牲奉獻的姿態。

「你真的是……噗哈哈！」由乃愣了一下，噗哧笑了出來。

望著由乃的笑靨，亞澈也隨著笑了出來，歡笑聲頓時淹沒了兩人。

看著兩人之間的嘻笑打鬧，隱身在一旁遠觀的芽翼若有所思的撫著脣，周圍盡是繽紛飛舞的幽魂半透明符蝶，他的眼掃量著周遭蝶翅上傳來的各項訊息，一眨一閃的，些許的訝異掠過了眼底。

「……這下可不好辦了。」芽翼鬱鬱的呢喃著。

The summon is the source of chaos

Chap.4 仙界來的電燈泡

在林文遇襲前一週，南部某村鎮鐵路車站——

隨著旅行的步伐，南部特有的灼灼陽光，跟著緯度降低而越來越發刺熱，乾爽的風完全無法和潮濕的北部相提並論，大多數的旅客都想儘快跳入列車之中，享受冷氣所帶來的一絲沁涼。

但……這不包括眼下在月臺上的一男一女。

經由上次亞澈帶路的慘劇後，由乃毅然決然把旅行的主控權拿回手中，在坐上火車之前，由乃將亞澈安置在月臺座位上後，輕咳了兩聲。

「我不知道魔界的旅遊訴求是什麼，但在人間，什麼新奇、有趣甚至是好玩的，這些都是其次，最重要的莫過於『安全』。」由乃深吸了一口氣，彷彿行軍前的叮嚀般，一邊來回踱步，一邊舉著手指高談著安全意識。

看著由乃如此聚精會神的模樣，亞澈實在哭笑不得。

——被一個移動火藥庫這樣告誡，會不會太悲催啊？況且小姐妳身上那些玩意，要是經過海關，絕對毫無疑問會被人以恐怖分子的名義遭到逮捕的。

「總之，我們接下來，絕對要避開危險和看起來危險的地方！」由乃義正辭嚴的喊出結論。

「那危險和不危險的定義是？」亞澈挑了單邊眉。

「當然是直覺。」由乃篤定的說出。看著亞澈瞠目結舌的模樣，由乃嘖嘖出聲，語氣中是毫無理由的堅定：「相信我！女生的第六感絕對是毫無疑問的神準！」

女性的直覺？亞澈茫然了，雖然來人間後他有聽過這種說法，就連琳恩都會在有意無意間拿這句話搪塞林文，所以他現在真的沒有辦法分辨這說法的真偽。

「……真的嗎？」亞澈狐疑的納悶問道。

「當然！」由乃露齒笑了出來。

結果，旅途的第二天開始連一半都還沒到，他們兩個看著四面八方的飛劍，亮閃閃的燦爛一片，好不壯觀。

「妳不是跟我說女生的直覺神準？」亞澈乾笑中混雜著苦澀，「那……這到底是怎麼一回事？」

「亞澈你該不會今年犯太歲吧？」由乃苦著臉的看了一眼遠方連綿不絕的浪濤，「我想說山路帶屎，總不會連海線也出事……結果還真的被我們撞到。這到底是什麼機運啊……。」

兩人面面相覷，毫無理由的同時嘆息了。

俗話說久病成良醫，那久衰應該也會養成生命的堅韌性吧？

兩人就這樣抱持著無奈和苦悶，卻熟練無比的架起結界和反擊的炸彈，看了一眼彼此心照不宣的舉止，有股淡淡的悲催啊！

「你們是亞澈和由乃嗎？」

一道尚顯稚嫩的女孩嗓音，從飛劍群後方傳了出來。

亞澈看著此景，發愁了起來。有沒有人可以告訴他，當被一大群飛劍用劍尖指著的時候，到底應該說實話還是謊話？

說實話的下場感覺就是萬劍穿心，說謊話被抓包感覺也不會好到哪裡去，重點是……他真的很不擅長說謊。

在學校時，有一次因為受到蘇駿他們的牽連，而不得不說謊來替他們圓場，結果他才剛說完，那些老師們的眼神完全就是滿眼的不信任，自那之後他就清楚，原來口若懸河也是需要練習的。

「快點拿出你那媲美奧斯卡的演技！」站在一旁的由乃從牙縫中蹦出字句。

「那妳也要告訴我到底要演什麼劇啊！」亞澈氣急敗壞的回道。

「當然是……嗯……」由乃眼睛咕嚕嚕的轉著，卻也完全思索不出任何符合現狀的解答。

她終於了解每次在看電影時，都痛批那些被槍口指著的男女主角是蠢豬的自己有多無知了。真的被一堆飛劍指著自己腦袋時，思緒根本就像是三線道變一線道的高速公路，說有多愚鈍就有多愚鈍，搞不好還會延遲回溯哩！

「答案？」女孩的聲音，好奇的傳了進來。

「啊！行不改名，坐不改姓，他就是亞澈，而我是由乃，接下來看妳是要關門放狗還是射劍，都一起上吧！」由乃煩躁的抱著腦袋，手中一抓就是一團大小各異的手榴彈，完全沒有在害怕。

亞澈的下顎落下……

——妳就這樣掀底牌了!?雖然說我們是同一條船上的，但完全沒有給建設心理準備的時間，這也太刺激了吧!

「那是炸藥?」

飛劍騷動著，宛如波滔般退回了兩旁，一個穿著全身素白典雅道袍的女孩現身，她腳下踩的是比她身高還要高聳的長劍，一頭如雪般的髮色，彷彿整個人由雪捏成一般。

「呃……就廣義而言，是的。」亞澈看著那因為濃厚好奇心而不斷眨動著的雙眸，情不自禁的自動回答了。

「那太好了!」女孩刷的一聲，直接竄奔到由乃面前，謙卑有禮的彎下了腰，說:「這趟旅行就麻煩你們了。」

蛤?這是在演哪齣戲啊?兩個人交換了一個眼神，從對方的眼眸裡讀出一樣的一頭霧水，完全搞不清楚眼前的是什麼情況。

只見眼前的女孩從自己隨身的素布小袋子中倒出一拖拉庫的雜物，各式玉瓶、雜礦，甚至是草藥、竹簡……

「啊！找到了！」女孩高興的露出微笑，她的手中有一團被壓爛的信紙。

亞澈和由乃就這樣猶疑納悶的接過了那張皺摺、甚至下半部分有些濕黏的信紙，信開頭的第一句話，就讓亞澈和由乃啞然失笑了。

亞澈和由乃……抱歉，雖然我不是飛●浦燈泡企業的股東，但這件事情我還是只能丟給你們了，想到這裡我特地選用了一種抗火防水材質的紙，不過我還是很擔心這張紙會被各種無情的礦石碾爛。

總之，這位劍仙是我的使魔，她想到小島南都去取礦石，但可惜……她沒辦法御劍飛行過去，除非你們想看到第一個因為使魔而破產的召喚師。

總之就萬事拜託你們了！

「為什麼御劍飛行會跟破產扯上關係？而且燈泡股東？那是什麼？」亞澈既沒有辦法把這兩者扯上關係，也不懂這和飛●浦企業的關聯性。

「他是指電燈泡啦！這我倒無所謂，只是我以為林文他早就被琳恩逼到破產邊緣了。」由乃遲疑了片刻，緩緩說出自己心中真實的想法。

亞澈只能木訥的贊同。

「所以你們可以把我帶到小島的南都去嗎？」女孩雙眼緊盯著他們倆，讓他們倆完全無所適從了起來。

「那我可以問一下，為什麼妳不能自己御劍飛行過去嗎？」亞澈將自己心中的疑惑提了出來。

「咦？我可以御劍過去嗎？」女孩困惑的指著自己，「可是我才剛飛出臺北，林文他就跪說叫我別再飛了。」

「為什麼？」亞澈皺眉了。

「大概是因為人間玻璃太脆弱的緣故吧。」由乃瀏覽著手機，突然莞爾一笑。手機翻轉過來，那是昨日臺北社會版的新聞，沿著重要幹道的兩側高樓大廈群的防風玻璃突然不約而同的集體爆裂炸散，造成不少路人輕傷。

「這個……人間的建築物都偷工減料，我已經用最低限度的劍罡了。」女孩無奈的聳了聳肩。

「我想真的讓她一路飛下去，大概林文把自己的退休金賠進去都不夠。」翻找著災害所造成的經濟損失，由乃輕輕的笑了。

「那她也可以自己搭火車下去吧？」亞澈匪夷所思的說著。

「我有去車站，可是他們說我不可以背著劍搭乘火車。」女孩扁了扁嘴，說出了早就準備好的說詞：「劍可是劍仙的靈魂，我怎麼可以容忍把自己的靈魂塞進儲物袋，那種雜物堆中！」

——妳也知道那是雜物堆啊？那妳就把它整理好啊！

亞澈和由乃只能腹誹。

「唉，最後一個問題，妳是怎麼確定我們的身分的？」由乃輕輕嘆息了，回想起剛剛的交談狀況，總感覺有些突兀詭異的地方，令她感到不解的地方就是，為什麼一聽到炸藥這兩個字，她就可以肯定他們身分的真偽。

「嗯……琳恩跟我說過，如果一男一女中，女生可以隨手就掏出C4炸藥的話，說不要懷疑，對方絕對是本人。」女孩撫唇看著天空，努力回想著當時的對話，慢慢的說出口。

「什麼C4炸藥啊！我的炸藥才沒有那麼廉價！」由乃聽了後臉色逐漸漲紅起來，哼了口氣轉過頭去。

——所以妳介意的點是這個嗎！

亞澈完全傻眼了。

他原本以為被人把形象說成如此，由乃應該會火冒三丈，結果沒想到她生氣是生氣了，但卻是氣……氣自己的炸彈被人小瞧了！

越是跟由乃他們生活在一起，亞澈越覺得自己的常識逐漸被顛覆，這到底是好還是不好啊？亞澈茫然的看著天空。

看著完全無法理解其中差異的女孩，由乃氣勢萬鈞的捲起了袖子，拿起背包中的隨身電腦，硬是上起了一堂有關炸藥的科普知識。

聽著由乃天花亂墜的從三硝基甘油開始、礦工開採用途到炸藥……甚至核子戰術，她越是講解精神就越是為之一振，眼神都散發著科學與知識的光彩。

而聽講的另一方，眼睛也散發著光芒，只不過是銀河不停旋轉的情景。亞澈彷彿可以看到各種硝煙和火光混合在其中，問號根本完全充斥了這位劍仙的腦袋。

「……這樣子懂嗎？」

由乃循循善誘的說完，轉過頭去，卻只看到頭暈目眩的女孩，深陷在神秘的科學中完全無法脫身的模樣，她些微的訝異，但接下來取而代之的卻不是失望，而是氣勢萬鈞的重新打起精神，又把教學投影片跳回了第一頁，「還是不懂嗎？那我再從頭說一次好了！」

「拜託不要。」亞澈有氣無力的趕緊拍住了由乃的肩。

這個世界上有很多事情只需要經歷一次，現在亞澈清楚的知道，由乃的炸藥科普教學絕對可以名列其中。

「我們還不知道她的名字，我很怕妳現在就把她摧殘到精神無以回復的地步，到時我們就完全沒辦法向林文交代了。」他深深的吸了一口氣，左思右想終於靈光一閃的想出理由，打斷由乃那旺盛的教師熱誠。

「我、我？喔！對，我還沒有報名字！」霧洹終於回過神，連忙焦急的喊了出來，「我名喚霧洹，還請你們多多指教了。時間不早，我們還是早點上路吧。」

話一說完，霧洹轉身拉著亞澈的手往前狂奔，只留下愕然的由乃和她手中自動翻轉著的投影片，在廣闊的道路上形單影隻。

「我知道人間有種話術叫洗腦，但是我直到現在才真的體會到人間的浩瀚與恐怖。」霧洹搓了搓自己的雙臂，一想到剛剛的教學，她又不自覺的顫慄了起來。

「我也是來到人間才體會到人間的奧妙之處。」亞澈拍了拍她那尚顯稚嫩的雙肩，心有靈犀的安慰說著，「……不論是好或者壞。」

兩個人相望一眼，不約而同的嘆了口氣。

——人間真的是好可怕啊！

※　※◆※　※

這趟旅程還沒有開始多久，亞澈和由乃就發現到霧洹很多有趣的地方，舉例來說，霧洹雖然有如流星群般的飛劍群，但說到底真正號稱她靈魂的那柄，就是專指一直在她背上的那柄紫青鋼劍。

很難想像如此弱小的身軀可以扛起那柄長劍，筆直寬厚的劍身……劍尖只差幾公分就要磨蹭到地面了。

但霧洹從來沒有抱怨過什麼，有幾次在餐館吃飯時，龐大的巨劍造成她移動諸多不便，亞澈和由乃想說幫忙接個手，卻完全被霧洹堅定的拒絕了，沒有半分退讓的餘地。

只見霧洹催動著仙氣，讓紫青鋼劍若隱若現的在她背上悄悄翻轉著。

看著她溫柔的撫摸劍身的神情，亞澈和由乃完全可以理解她所謂的視劍為靈魂的意志有多麼灼熱高昂。

而且霧洹對於人間的一切都非常好奇，除了在經過某縣市的補習街時，她的面容浮現出驚恐的神情，連一直來著不拒的傳單都不再拿了，完全對分發補習班傳單的工讀生視若無睹，低頭飛奔而過。

看樣子……似乎有精神創傷啊！

亞澈看著霧洹奔跑的背影感慨著，林文把人交到他們倆手中還沒個十天半月，就讓她對於人間有著恐怖陰影了。

亞澈搔了搔頭……嗯，完全沒有辦法責怪仙界神經纖細脆弱，他打從心底認為，這絕對是人間太過險惡所致啊！

即使如此，霧洹還是對人間投以十足的熱誠，一點一點的學習著人間的一切。

有一天，看著霧洹啃雞排看時尚雜誌，專注的眼神彷彿可以噬人，由乃終於忍不住了。

「妳不需要這麼急切，慢慢來，書也不會跑掉。」由乃看著一旁堆疊成山的雜誌，「況且這樣不會太辛苦嗎？」

「辛苦？當然不會！」霧洹甩了甩頭，她高興的用手指輕輕滑過雜誌內模特兒身上的連身洋裝，「在仙界，大家都說只能用雲紡紗，不然至少也要用流淋緞，大家的衣服不是藍就是白，深藍、淺藍……最多就這些顏色。」

說著說著，霧洹的神色就帶著點難堪。

當然，在仙界人人都以羽化登仙為第一目標，別說手持仙靈寶器，就連衣著都應該要能夠蘊含仙靈之氣才對。

任何的染料都會損壞衣著的靈氣，所以仙界服飾真的是清一色的慘淡，若是讓巴黎的服裝設計師過去仙界，大概會讓設計師絕望到無力回天。

所以，霧洹很喜歡人間的衣服。雖然在路途中她有買了幾件真的動心、喜歡的衣服，可是說實在的，她自己也很清楚，這些衣服大概在仙界是沒有任何穿到的機會了。

她曾經穿著人界服飾御劍遊山，不過才繞了兩個山頭，就被各師兄師姐斥責，連一直在她心中明理的師父都不解的搖頭嘆息。

最後那些衣服被收到了床櫃底下，等她閉關結束重新出谷之時，那些俗物早已腐爛成一灘塵土，只有那些仙物還依然完整無瑕、摺疊整齊。

其實她很清楚，身在仙界的她是不應該如此浪費的。捏著這次旅行的戰利品，霧洹有一些蕭索，仙界應該敬重天地萬物，如非必要絕不輕易殺生，想想就連飲食都簡化成丹藥了，怎麼可能還會在其他方面多下幾道功夫？

但是……偶爾失心瘋一次，應該可以被原諒吧？

她將頭深埋在洋裝之中，嗅聞著人間粗糙簡陋的化學香氣。

要是讓師父看到她現在將這般傷身的氣味吸入體內，天知道又要被嘮叨多久。

想到這裡，她就不禁失笑了。

「很喜歡夜市嗎？等等還會再經過的。」一旁的亞澈看著霧洹如此沉醉於地攤貨的模樣，翻找著手中的地圖，露出微笑的提醒著她。

「嗯，非常喜歡。」霧洹抬起頭來，將一秒前的所有思緒收拾得一乾二淨，笑靨如花，「我十分期待。」

※　※◆※　※

雨剛落盡，點點滴滴的水珠灑落在樹梢草隙間，遊覽車的窗戶敞開，冰涼清新的空氣蜂擁似的竄了進來，為沉悶的車內注入一絲活力。

因為霧洹的緣故，亞澈和由乃也無法搭乘鐵路和飛機。

要不是遊覽車可以接受那是戲劇道具的說法，只怕此刻他們只能考慮步行了。

雖然如此，霧洹卻噘起嘴巴咕噥著：「這種說法……對劍仙來說是一種汙衊……」

由乃聽到了也只能尷尬的奉上人間各種巧克力，然後再三保證不會再有下一次，這才讓霧洹不滿的神色逐漸平復。

「妳這樣用糖果收買小朋友不好吧？」亞澈看著沉浸在巧克力芬芳的霧洹，苦笑了。

「我只能說不管哪界的小朋友，似乎原則都差不多。」由乃好不容易才終於鬆了口氣感慨道。

兩人閒聊之際，整輛遊覽車突然急煞車，所有乘客頓時東倒西歪，罵聲連連。正當由乃揉著受傷的前額準備跳起來飆罵的時候，卻看見司機早已經面紅耳赤的站在霧洹前方痛斥。

「小朋友！行進間不可以拿出妳的道具，我不管妳想要做些什麼，就是不准在我旁邊拿著那道具轉！」司機完全是怒火中燒了起來。

但霧洹卻罕見的沒有露出一絲歉疚的神色，只是自顧自的推開了緊急逃生門，走出車外。

司機先是愕然的看著他印象中從來沒有敞開過的逃生門好幾秒，隨即如雪崩般的怒吼出來：「這是哪一位乘客的小孩？這已經嚴重影響到行車安全了，我必須請你們立即下車！」

在一陣混亂之中，由乃只能驚慌失措的把拿起行李，對著所有乘客和司機彎腰致歉，臉一陣紅、一陣綠的慌忙下車。就在她想要痛罵霧洹的時候，她才發現到亞澈和霧洹早已站在省道的路邊，兩人沉默不語，不知道在望著什麼。

「我說你們這兩個人！」由乃氣勢萬鈞的踱步走了過去，正要飆口的時候，聲音卻完全哽在喉嚨裡。

眼前是一處完全被燒成一片焦土的小叢林，只有十多株原生高聳的樹木被燒成木炭後卻依然屹立不搖。

看著那些樹木，由乃完全忘記了呼吸。

身為秘警署一員的她，很清楚眼前的這些是什麼。

這座島國有為人熟悉的原住民，但人類從來不是人間最原始的種族。遠古時期，比起人類，真正統治整個人間的是妖族。在當時，人類只是被妖怪戲弄的對象罷了。

歷史中多的是妖怪禍世的傳說，原本妖怪只是把人類弄出來的社會制度當成一場遊戲，結果玩著玩著，才突然發現到似乎不能再小覷了。等到妖怪想要拿回人間的主導權時，卻發現自己曾熟悉的一切早已被人類侵占改造了。

反抗的妖怪當然無法和成群的人類抗衡，自以為能拚個魚死網破的妖怪，卻往往只是自討苦吃，畢竟比起單打獨鬥的妖怪，人類的團隊合作實在是強大太多了。

所以漸漸的，妖怪分成了兩派，能夠融入的妖怪就這樣隱藏在都市人群中；不能融入的就像眼前的這樣，找個偏僻的小地方，以自己的妖氣灌溉草木，配合一些簡單的幻陣，隱居了起來。

妖怪們自以為自己隱藏得很好，孰不知其實秘警署一直在監控著這些妖怪小部落，不過他們並不加以干涉，畢竟秘警署對於妖怪的生存權非常認同。

然而，多多少少有些年輕氣盛的妖怪會想效法人類的恐怖分子做法，於是這些小部落往往就成為這些恐怖分子的基地。

所以這些小部落在秘警署的系統中多少都有註記各種危險程度，但是……

由乃眉頭深鎖了起來，她從沒聽過有要進攻妖怪村莊的情報，更沒見過這種幾近殲滅的方式。

「這到底是怎麼一回事啊？」她喃喃自語的說著，腳步正要走下去，卻被亞澈和霧洹不約而同的拉住兩隻手。

「你們沒看到那慘況嗎！？現在下去，或許還有生還的機會啊！」由乃著急的想要掙脫他們倆的手。

「沒有一絲妖氣存在。」霧洹淡淡的說。

「沒有感受到半點情緒，只有憐憫、驚訝和不忍，但都是我們所散發出的。」亞澈憂鬱的說著，眼神飄忽開來。

「但如果……如果有那麼一點點可能的話？」由乃疲倦的說著。

「那應該也只可能是陷阱。」霧洹凝視著由乃一會兒，「斬妖除魔是仙人本分，但即便是仙人也不會做到這種地步，我真的完全沒有頭緒是何方下手的。」

在自己面前講到除魔，還真有點尷尬。亞澈苦笑著，可他只是保持安靜，將自己的魔力集中在雙眼瞳孔中。原先偽裝的棕黑色雙眸隨之轉成紫墨，一點一點的遠觀著這座被焚毀的部落。

「雖然很淡很淡，但有過虐殺的痕跡。」話說到這裡，亞澈就說不下去了。深邃的恐懼和憤恨，滲入了每一處土地，沁入了每一分水氣，即便生者已逝，那殘留的怨與恨，大概會讓這片土地寸草不生好幾年吧。

就在亞澈和由乃沉默不知該如何是好的時候，霧洹抽出了背上的紫青鋼劍，緩緩的高舉著，彷彿祈禱般的身姿，讓亞澈和由乃完全無法轉移視線。

那是輕描淡寫的揮舞，一劍一劍的宛若柳葉飄蕩般，隨著霧洹的意念擺動著……極其莊嚴聖潔的劍舞，就這樣在血腥蕩漾之處舞了起來。

「這是？」亞澈完全看不懂，卻可以感受到原先黏稠的空氣逐漸流動了起來。

「祓禊，這還是我第一次看到如此美的祓禊。」由乃看得如此著迷，完全無法自拔的流下感動的淚水。

每一劃都斬斷糾結大地的怨，每一劈都破開黏附水霧的恨，而她本身就是那天地間的淨，無善無惡，無是無非，僅將所有的汙穢憎恨統統淨化清靜。

霧洹淡淡的輕啟朱唇。

「如果可以，我希望能夠趕上這場屠殺。但是，沒有辦法的話，我希望至少可以送你們最後一程。」

紫青鋼劍最後由天而地的扎入大地，輕靈之氣如波濤般橫掃四方，霧洹就這樣渾身香汗淋漓的停下了，手中的劍泛著點點翡翠光輝，空氣清新得完全無法想像祓禊前的稠密感，沼澤般的泥濘也轉變為濕軟微乾的模樣。

亞澈愣了一下，連忙衝上前去攙扶搖搖欲墜的霧洹。

「還好嗎？」

「有點辛苦，用仙靈之氣祓禊妖怪幽怨，果然不好使呀。」霧洹疲憊的苦笑。

「辛苦了。」亞澈欣慰的拍了拍她的背，抬頭望去，現在雖然還是廢墟，但放眼過去卻已不再那麼怵目驚心了。

看著亞澈照料著霧洹的模樣，由乃抿了抿嘴，躡手躡腳的爬進了廢墟之中。

雖然知道裡頭的樣子絕對不會好看到哪裡去，但是親眼真實看到時，還是讓她震驚不已。

殘存的肉塊，半凝結的血水，空洞的雙眼彷彿控訴著無盡的冤屈……

由乃的身子顫抖不已，憤怒如同暴漲的河水完全抑止不住。

雖然這些妖怪都不是人類，但大家都同樣是人間的原住民……不！這甚至根本不是什麼原住民之類的問題，她從不認為有任何一種生物需要被這樣無情殘酷的對待！

這種令人髮指的罪行……

由乃的雙手握拳，指甲深深的刺入掌心。

——不能原諒，根本完全沒有任何原諒的理由！

她一甩身，秀長的髮絲彷彿透過她的怒火猖狂飛舞了起來，每一步都顯得怒火中燒，每一腳都顯得堅定不移。

「……由乃？」亞澈看著氣勢萬鈞的由乃從遠方逐漸走了過來，口水完全乾涸在喉頭下不去。

這已經不是小打小鬧的那種怒火，此刻的她彷彿隱伏的火山，伺機待發、隨時準備吞噬周遭的一切！她的表情越是沉靜，越是讓亞澈心驚膽跳。

「走了。」由乃冷冷的微笑著。

「欸?去哪?」亞澈好不容易才終於嚥下了口水。

「去找凶手,我絕對不會原諒凶手的。」由乃冷冷的說著。

「但是,看樣子對方沒有留下任何線索啊……」亞澈看了看四周,根本完全是稻野山間,既沒有監視器可以調,也沒有什麼蛛絲馬跡可以追蹤。

「這倒不一定,人在做,不只天在看,還有很多東西都在觀看記錄著。」霧洹淡然的說著,手指輕觸著大地。

一股神秘的迷霧以她的手指為中心,盤旋盪漾了開來,濃烈的霧氣遮掩住了他們三人的視線,完完全全的伸手不見五指。

「這個是?」亞澈好奇的撥弄著濃霧,卻無法揮散。

「我知道這個,但我一直以為這只是謠傳……」由乃臉上的表情掠過一陣衝擊,「這是『喚物』,古書上都記載成『喚霧』,直到最近才被揭曉真相。」

「真相是?」亞澈追問著。

「真相是這些霧氣其實都是記憶。」霧洹接口繼續說了下去,周圍的霧氣如同共鳴般的律動、韻動、波動著。

「其實這才是仙人的本質，與草木溪石交流的山人，只是現在的仙界反而漸行漸遠了。」霧洹綻出微苦笑容輕搖著頭，她繼續解說了下去：「現在我將這塊大地的記憶呼喚了出來，所以曾經上演的暴行，將會再度在我們眼前重現。」

濃霧終於停止了晃蕩，轉而發出一片光亮，刺眼的光芒往四面八方散射著。在三人都忍不住閉上眼的瞬間，人影卻全部在眼前浮現、立體化了起來，當看到景象的那一剎那，所有人都震撼不已的久久無法言語。

在大地的記憶中所浮現出來的，是身上披著荊棘綠葉的類人植物妖。在寧靜的早晨時，所有的妖族都在暖陽下談笑風生、嘻笑打鬧著，這是和平且溫馨的小村莊……一想到即將上演的慘況，就令他們的心臟為之糾結。

黑影如同災厄般的降臨，妖族村莊的結界根本形同虛設，一個一個的妖族被黑影抓出房舍摔了出來，每一次的砸摔都掀起一抹煙塵，然後看著被摔暈的妖族被黑影活生生的拔掉肢軀，綠色的血水就這樣噴湧而出。

不少妖族就這樣痛昏了過去，卻又被蠻橫的魔力催醒了過來。

完全沒有任何理由，就是不斷這樣的重複。男人被拷問完後，就換女人，然後是嬰兒被當作玩具般的拋擲。

記憶中，可以看到那些玩耍嬰孩的黑影突然收手不接，將襁褓中的嬰兒活生生的摔砸在地上，讓在一旁被囚禁的成年妖族不停的哭喊咆哮著。

多少植物妖就這樣混雜在淚水和血水中殞命，但那些黑影卻完全沒有就此收手的意思。

那些黑影帶著惡笑，徒手五指緊扣著那些彌留之妖的天靈蓋，由乃看著眼前的一幕，完全忘記了呼吸。

綠色的幽光，就這樣從天靈蓋被抽取了出來，然後在那些黑影的手中被壓縮、壓縮、再壓縮……直至被蹂躪成碎片粉末，才緩緩的從手中的縫隙處流洩而下。

「……太過分了！這真的太殘忍了！」由乃摀著嘴，眼淚完全無法抑止的宣洩而出。

那些都是靈魂，都是還沒來得及進入輪迴的魂魄，沒有孟婆湯、沒有忘川河，這些靈魂就這樣抱持著最後一絲遺憾，魂飛魄散……

沒有死亡的安寧，沒有重生的機會，就連向冥王控訴的機會都沒有，他們就這樣莫名的消散於六界之中，在未來的舞臺完全沒有一絲重登的可能。

就在由乃閉著雙眼、完全不忍心再看的時候，一旁的亞澈霍然站了起來，臉色鐵青的轉身離去。

霧洹神色複雜的望著亞澈的背影，完全不知該說些什麼。

「怎、怎麼了？」由乃雙眼通紅的嗚咽著。

「嗯……我可以再次把記憶倒轉一下，只是這次還麻煩不要迴避，因為，我也不太喜歡再次觀看著這種犯行。」霧洹苦楚的說著。

由乃聽著霧洹的建議，手指顫抖的從臉上放下。眼前依然是慘不忍睹的記憶，但影像播放到剛剛由乃闔上雙眼不忍直觀的片段時，她肩上的包包滑落，包包內金屬的沉重匡噹聲響起……

那黑影在確認所有妖族死去的當下，終於把設下的魔障褪去，轉身離去的身影中，那對根羽分明的雙翅和各種式樣的惡魔角，清晰的倒映在由乃的雙眸下。

「我必須去問一下這到底是怎麼回事。」亞澈雙眼映照出的是無盡的荒涼和落寞，「我一定會給妳們一個交代的。」

「別傻了！不管是什麼原因，都沒有任何物種要被這樣對待！」由乃抓著亞澈哭喊道。

「而且，你該用什麼樣的樣貌去質問？」霧洹一派平靜的提問著。對於講究修心練靜的仙人來說，剛剛的畫面也確實帶給了她不少震撼，只是因為修為有足，所以她才能心情平復得如此快。

「用人的樣貌，只怕你也會慘遭毒手，但若是露出真身——」霧洹說到一半就沒有繼續說下去了。

亞澈真身的秘密，在場的人都知情。

「這不是講究秘密的時候了。」亞澈斬釘截鐵的說著。

「我反對。」

霧洹、由乃和第三道聲音不約而同的反對道。

由乃和亞澈先是愣了一下，隨即怒目瞪著聲音傳過來的方向——雙翼併攏的芽翼現出了身影，一臉無可奈何的就這樣不偏不倚斜靠在燒黑的房舍牆上。

「閣下終於現身了。」反倒是霧洹的表情沒有絲毫的訝異，她完全是一副「早就知其所在」的雙眼望著芽翼。

看見芽翼的身影，亞澈滿腔的怒火和焦慮終於找到了宣洩的出口。

「芽翼，你一定知道到底發生了什麼事情！」亞澈衝上前去，緊抓著他的衣領不放。

「知道了又能怎麼辦？」芽翼淡淡的說著，「此行我的身分代表著混亂之國，難道王子希望混亂之國為了異界種族而向魔界諸國宣戰嗎？」

「這根本不是宣不宣戰的問題！」亞澈憤慨的怒吼著。

「不。這就是。」芽翼冷冷的說著，「高位者，必須懂得權益衡量，這就是高位者應盡的義務與責任。」

「我、我……」亞澈鬆開了一直緊抓的衣領，懊惱的緩緩倒退。

他當然知道。但是知道是一回事，放在眼前又是另一回事。

為什麼可以就這樣袖手旁觀？他完全無法理解。

看著芽翼此刻那如同冰巖般的面容，他突然茫然了。

到底從小一直在他身旁溫柔服侍的芽翼是真的？還是此刻無情旁觀的芽翼才是

真實？

「你這混蛋！」由乃一個箭步奔了上前，雙手一推卻沒有把芽翼撼動半分，反而因為反作用力把自己弄成跌坐在地的模樣，「明明只要你願意出手！不，甚至願意出聲的話，都有可能挽救他們的靈魂！明明自己在旁邊當個俗辣，還牽扯到國家去！」

「我沒奢望過人類可以了解魔界的國勢。」芽翼睥睨的看了一眼由乃，轉頭嘆息的看著亞澈，「但是王子您身為王族，幼稚的舉止只會傷害到那些深信著您的人。」

咬著牙，腦海中魔后的身影緩緩浮現了出來，亞澈原先顫抖不已的身軀恍然停歇了下來。他的頭深深垂下，彷彿放棄般的喪氣。

不過，等他再次抬頭時，雙眼間的茫然早就不知消退到哪裡去了，取而代之的是堅絕和堅定。

「王子做出決定了？」芽翼欣慰的說，高抬的手拍了拍亞澈的肩。

「告訴我，魔族的決定。」亞澈冷冷的說著。

他平淡冰寒的聲音讓由乃的心都涼了。

為什麼？由乃倒抽了一口氣，在她眼裡亞澈一直是個溫和待人的人，完全沒有王族的架子，難道為了什麼權益衡量，他就要漠視這場屠戮嗎？這太奇怪了！完全沒有道理可言啊！

她的唇抖了抖，欲言又止的靜默了。

「他們在找當初協助罪業會的原凶，經由了拷問和探魂，他們終於找到了原凶的隱居之處。」

芽翼信手彈指，一群飄逸起舞的符蝶隱隱約約現形出來，蝶翅上所透露的是那些魔族追查到的地址和訊息。

看著那一行行用魔族文字所書寫的內容，亞澈只是晃了一眼，表情空邃虛無，完全沒有辦法從中讀出任何的心思和想法。

「王子？」

「我啊，來到了人間，學習到了許多事情。」望著芽翼狐疑的神情，亞澈莫名的淺笑了，笑聲中夾帶著一絲滄桑和莫可奈何。

「這其實不是選邊站的問題，無關魔界與人間對立，也算不上什麼和諸國反目等思量。還記得當初在魔宮，諸國使節來訪時，你把我拉到一座又一座的宮殿後面，最後你把我藏在了宮女的寢殿中，所叮嚀的話語嗎？」

芽翼愣了愣，沉吟道：「事過境遷，微臣早已忘了。」

「是嗎？但是我卻記憶猶新啊！」

亞澈臉色蒼白的重述著當時芽翼的語氣：「『雖然不太可能，但倘若東窗事發，還請王子您記住，您既是王裔，卻又非王族，懂否？』」

那時自己還是懵懂無知的男孩，就這樣一知半解的點點頭許下了諾，當時芽翼和母后就是他眼中的天和地，所以他們說什麼，也就是什麼了。

他躲在衣服堆中，頭上頂著層層交疊的宮服，匿在紅黃橙綠的紗紡中，窺探著外頭的煙花和歡笑。

他一直一直偷瞧著，如近實遠。

明明只是隔著幾重門，卻彷彿已是另一個時空的事情。

當時的自己，聽著外頭不曾間斷的談笑風生，只能鸚鵡學舌般模仿著同樣的話語，但外頭在笑鬧，自己卻無聲的落淚了。

茫然的觸著淚珠，那時的自己完全不明白之所以泛淚的原因，就只是無知無解的不停落淚。

然後漸漸的，揉著雙目的稚嫩小手，一點一點的褪變，眼淚也一滴一滴的內斂，那不知緣由的淚早已埋藏到心底的深處去了。

直到現在他才明瞭，其實淚水從來都沒有乾涸過，而那藏在衣堆中泣淚的男孩也不曾被人發現過。

是遺忘，還是不願想起？他自己也不知道，但芽翼剛剛的一席話，如此輕描淡寫卻又如此意義深遠。

——原來誰都希望我長大，但又有誰聆聽過那啜泣的哭聲？

亞澈闔著的眼，緩緩睜了開來，呢喃道：「雖王裔卻非王族，懂否？」

芽翼的臉色瞬息萬變，張著嘴巴完全愣住了，「王子！」

「再會吧，芽翼。」亞澈聲音帶些沙啞的在芽翼耳邊低語，右手悄然無聲的勾著芽翼脖上的頸飾。

不過是指尖的一緊一扭，那頸飾便啪的一聲散成滿地珠玉。

芽翼震驚的握住那殘剩的脖繩，到喉的話語還沒有說出口，身形就如同雲煙般消散，完全脫離了人間。

「你這樣子把他遣送回去，若是留下來的魔族要針對你的身分，你就百口莫辯了。」霧洹端詳著亞澈，注視著他那哀戚的神情。

「無妨。」亞澈苦笑著。

「這樣你媽媽那邊？」由乃尷尬的咕噥著。

「無礙。」亞澈頑固的回答。

「好吧。那我們接下來的目標是？」霧洹輕搖了頭，不再追問下去。

「霧洹妳的礦石？」由乃輕聲問著。

她正要繼續談的時候，只見霧洹淡笑著搖頭，她就識趣的不說下去了。

「這個地址……」亞澈努力回憶著剛剛蝶翅上所記述的內容，滑手機飛快的翻動著地圖，最後猛然停了下來，橙黃的標記小人如馬莉歐似的在原地跳動著。

「秘警署旁？」由乃眉頭深鎖。這地點怎麼這麼熟悉？

「而且就在我所讀的高中旁。」亞澈盯著地圖困惑了——很眼熟，非常非常眼熟。

「這不就是林文家？」霧洹納悶的說。

「……」

三個人沉默了一瞬，嘴巴微張卻吐不出半句話的看了看彼此。

這……到底是怎麼一回事啊！？

The summon is the source of chaos

Chap.5 隨呼即到的救援

蒼青藍的天空下，耀眼的陽光灑落，閃耀得讓人無法睜開眼睛。

看著霧洹一副習以為常的模樣，由乃真是在心中哀號不已。

如此刺眼的光亮，正常人應該都無法抬頭直觀吧？但她左右身旁的兩位人士，一位完全無懼於陽光，金燦的光輝映著那稚嫩的臉龐，有種陽光鄉村女孩的畫風；另一位眉頭宛若低沉的積雲，耀陽完全被遮掩住，點點的光輝並無法照出他心中的念頭。

她真是太佩服亞澈和霧洹了，感受著眼睛的痠澀，她將頭低下，想說讓雙眼輕鬆一點。

但這番舉動卻差點讓她的心臟跳了出來，底下的雲霧如同川河般迅速湧動著，波濤洶湧的完全不見底……

「為什麼御劍飛行不需要安全帶啊？難道仙界都沒有一點安全危難的意識嗎？」由乃將臉深埋在手掌間，完全不知道該往前還是往下看。仙界都沒有個立委想要設個交通安全法之類的嗎？要是有她絕對高舉雙手贊同此法案通過！

「妳說什麼？」霧洹露出狐疑的神情，她剛剛好像有聽到仙界什麼的，但是強大的破空聲，讓聲音斷斷續續的完全無法聽清楚。

「我說安全帶！」由乃大喊著，但狂猛的風流就這樣灌進口內，讓她感到一股噁心嘔吐感。

「什麼！」霧洹也用喊的回應。

「沒事！」由乃垂頭喪氣的低語著。

「喔，沒事就好。」霧洹眨了眨眼，只是感覺到眼前由乃的雙肩似乎在聽到她的回應後更加頹敗了。

或許是感受到由乃的緊張，霧洹自己主動開口。

「你們是怎麼和林文結識的？」她熟練的隨口轉移了由乃的注意力。

「因為一些意外。」亞澈一回想當時被拯救的情景，不由得勾了勾嘴角，「結果他就撿到了我這個超級大麻煩。」

「原來如此，和我非常相像的緣由。」霧洹聽著亞澈的話語愣了愣，隨即露出不意外的神情淡笑，「只是立場相反了，是我執著於去撿他這個麻煩的。」

回想起過往的記憶，霧洹不由得一陣輕然噴笑。

她其實原先並非林文的使魔，而是林文母親的使魔。

在那段說長不長、說短不短的歲月中，可以說是她在一旁注視著襁褓中的林文逐漸成長茁壯的。

原本那一家子應該就這樣幸福和樂下去的，直到現在她都還能想起當時林文母親獻寶似的神情和姿態，讓她難得的笑罵了幾句。

那是她第一次有了自己是姐姐的感覺，心中的卓越感油然而生，多少個夜晚都是她帶著林文在雲海上和月亮嬉戲。

直到悲劇的發生，她和林文母親的錯過化為了永恆——那時正在閉關的自己，完全沒辦法挽回那場悲劇。她當時以為自己永遠都彌補不了這個遺憾，心中的懊悔和悲憤交織，幾乎快要使她脫離了仙道轉眼墮落成妖道。就是在那樣的渾沌幽暗之中，她聽到了林文彌留的呻吟。

那道呻吟將她的意識拉了回來，她告訴著自己，如果墮落是天命的話，那什麼時候墮落都終究阻止不了，但唯有現在，還不是自己可以放棄的時候。

所以她又回來了，當時看著血汙中的林文空虛的微笑，她立下了承諾，這一次，她絕對不會再束手旁觀了。

亞澈看了一眼眼神迷離的霧洹，識趣的沒有驚擾她。

他別過了頭，不遠處的臺北盆地上空，那白潔的雲霧蕩起點點黑光，瀰漫著死亡的氣息。

「這很像冥界的感覺。」

亞澈起初感到一絲困禍，這種氣息似曾相識，很像當初幫忙祛除神息的黃泉擺渡人身上的氛圍，也許根本應該用如出一轍來形容。

聽著亞澈的呢喃，霧洹這才回過了神，擺脫了回憶，雙眼凝神的注視著那不祥的烏光，手指在掌心間不停交錯的舞動卜卦。越是窺探著天命，霧洹的神情就越是肅穆。

沉思了一會兒，霧洹抬頭說道：「要加速了，站穩別摔著了。」

「什麼?意思是現在還不夠快嗎?」由乃感覺到腿都有些發軟了。

「再快下去不就跨越音速了?」亞澈汗顏了，他好不容易才終於習慣了這個速度，這應該已經是他的極限了。

「所以現在是瀕臨音速的意思嗎？太好了……知道這真相完全沒有能安慰到我。」由乃倒抽了一口氣。

「小心別咬到舌頭。」霧洹輕輕蠕動著雙唇。

足下的紫青鋼劍發出燦眼的靛光，亞澈和由乃互視一眼，就連眼神都還沒有交流完的剎那，暴風迎面襲捲了上來。

在狂風中，他們只能互相看著彼此扭曲的面孔，不斷的交錯著粗鄙話語和驚聲尖叫。

※　※◆※　※

千鈞一髮之際，三人闖入了骨龍、精銳魔族和曦發之間。

亞澈和由乃才剛落地——不！應該更正為在低空被甩落了下來，連咒罵都還來不及說出口，霧洹就已經露出十二分專注的神情注視著骨龍了。

「那位神族麻煩亞澈你們照顧了，我去會會骨龍就回來。」

霧洹深吸了一口氣，紫青鋼劍在她的手中載浮載沉，每一次的晃蕩都映照出一道劍影。

不一會兒工夫，視線所及之處都是劍影，含著豐沛的劍氣，霧洹動了！只看得到一抹迅光，骨龍整隻被斬飛了出去，以紫青鋼劍為首，在骨龍那歲月都無法蝕刻的身軀上留下了大大小小的傷痕。

精銳魔族只看了一眼遠方被逼退的骨龍，便無視了骨龍的缺席，畢竟骨龍本來就不是他們召喚的，況且此刻有沒有骨龍也已毫無意義了。

眼看淨世聖女已經連站都站不起來，他們完全沒有半分打輸的道理。只是現在讓他們杵在原地的原因是滿腦的困惑與不解。

眼前的那位是頂著墨玉般鹿角的魔族，雙翅的羽翼散發出熠熠光澤，毫無疑問是王族，而且還是混亂王族。

「幻術？」

所有魔族面面相覷，雖然大家都是代表著七大王國的精銳，但這不表示他們敢輕視混亂王族。不為什麼，混亂王族的地位就是如此崇高，然而重點是——混亂王族此世代並沒有王子。

「抱歉，諸位，我僅代表混亂王族，向各位提議撤兵吧。」平復好情緒的亞澈莊嚴沉穩的說著，「這次的事情有可能只是誤會，干擾到人間的和平，這並非吾族所願之事。」

「吾族所願之事？先不論你身分的真偽，你又知曉我們誤會了？甚至是魔族的心願？」嗤之以鼻的聲音響起，魔族不屑的瞪著亞澈。

「所有的人類都必須為了傷害王族的罪而受刑，這是他們應該付出的代價。」魔族冷眼的看著遼闊的都市，繼續說下去：「況且這也並非是我們的偏執，而是王命所囑。」

「母后也這樣說道？」亞澈咬緊嘴脣，雙脣因用力而失去血色。

「只有混亂王族此次神隱年沒有傳出任何惡耗，她又怎會了解其他王族的悲愴！」

聽到對方的話語，亞澈在鬆了一口氣的同時，卻又感到一股難以言喻的哀傷……

除了混亂之國，其他國家都傳出了死傷嗎？

他們的憤怒和哀傷，亞澈不是無法理解，但是他真的無法理解這一點和林文的關聯，他絕對不相信林文有幫助罪業會的神隱年，畢竟當初就是林文把自己從獻祭儀式中救出來的。

怎麼可能原因會是林文？

「你們到底有什麼證據說是林文幹的？」

在一旁聽著的由乃終於按捺不住了，一直以來她都認為魔族內部的調解應該由亞澈出面才對，但看著眼前一群殺紅眼的魔族，根本是有理說不清，這才忍不住的說出口了。

「我們有我們的情報，只要利用妖族的情報網，是可以得知很多事情的。況且一想到強制召喚就只能聯想到喚者血統，而根據妖族的情報網，這島國上的喚者藏匿在哪，根本一目了然。」魔族咧嘴笑了。

由乃不快的哼了一聲，眼底的怒火竄入天際，「情報網？是拷問吧！你們的罪行當真以為都沒有人察覺到嗎？」

「拷問也好，罪行也罷，難道在人間行事都還要處處保留嗎？難怪人間會軟弱無能到這種地步！」

由乃緊緊咬著牙，整個臉頰通紅了起來，眼眶的淚水隨時就要奪眶而出，但她的神情卻是怒不可抑。

死硬的緊握著拳，無法停止的顫慄傳遍全身，什麼叫做氣到流淚她終於體會到了。這些傢伙莫名其妙的來到人間，隨意的踐踏這塊土地，輕視惡意的玩弄生命，最後還輕蔑著人間的一切！他們到底把自己當成了什麼！

「總之，把那神族交出來，我們先處決完她，再去收拾那位罪魁禍首！」

就在由乃手中的滅靈彈轉眼要拋擲出去的剎那，亞澈按住了她的肩膀，露出了蒼白的微笑。

「我不會允許的，我依然認為這件事情上有所誤會，如果你們真的要一意孤行的話，那我將視為你們向混亂王族宣戰，而向混亂王族宣戰代表著什麼，我應該不需要提了。」

亞澈的雙翼展開，避護著傷重的曦發，雙眼中完全沒有一分玩笑的意涵存在。

「那假如這件事情上根本沒有誤會這回事呢？」

一道聲音從另一側傳了過來，對亞澈和由乃而言，那是似曾聽過卻又厭惡至極的嗓音。

李雲帶著一群罪業會的人士，就這樣大搖大擺的走入了戰場，完全無視各方敵對的眼神，嘴角噙著笑意的看著亞澈。

就在李雲和他們雙眼互通的瞬間，一道地刺悄默的高聳突出，直接朝他們身後的曦發鑽去！

在那電光石火之間，亞澈只來得及用自己的身體保護曦發，由乃甚至還沒有意會到發生什麼的情形下，空間扭曲了。

伴隨著咯嚓的破碎聲，如漣漪般的波折在亞澈周圍張了開來，扭轉著空間，強大的歪斜甚至使得大地之牙完全無法鑽入！

於是，在眾目睽睽之下，林文牽著琳恩的手直接踏入了眾人眼前。

亞澈驚愣的摸了摸自己的身軀，不可置信的看著突然出現在眼前的林文和琳恩，和那散落成一地碎晶的水晶護墜。

「林文……」

亞澈和由乃因驚訝而變調的嗓音呢喃著。

林文只是露出了歉疚的神情望著曦發，輕撫著她那凌亂的髮尾，將自己的魔力一點一點流入她的體內，舒緩治療著她那沉重的傷勢。

「亞澈你們終究還是回來了，不過我必須謝謝你們，要不是你們保護著她，我可能就趕不及了。」

「所以那個護墜？」亞澈彎腰拾起只剩鍊條完整的晶墜。

「它發揮了它的功用，在危急之時它可以啟動隱藏在水晶中我所灌注的魔力，強制性的召喚我來到身邊。」林文五味雜陳的說著，轉頭看了一眼精銳魔族，又看了一眼李雲。

林文隨意的瞪了李雲一眼後，緩緩說道：「怎麼？大祭司都願意召喚骨龍了，卻還不願意現身？」

「當然可以。」

李末謌從眾人群中走了出來，嘴角緩緩浮現出笑意，「這麼久沒見面，我早已忘記你的面容了，要不是破壞了我們的召喚魔后儀式，讓我發現了你的存在，我都沒想到喚者還尚存人間。」

「知道我尚存又怎樣？你的眼線鬼鬼祟祟的伏在周邊這麼多個月，也完全不敢做些什麼，我都以為你就只敢遠望了。」林文神情冷峻的說著，露出了亞澈和由乃都非常陌生的一面。

他的語氣雲淡風輕，彷彿像是和街訪鄰居聊日常家居一般，但誰都沒有注意到他那握拳的手正微微顫抖著。

「好說！我倒是沒料到這次你敢出面，我以為你會像第一次般，試圖偷偷引爆次元裂縫，沒想到這次你很愛惜生命啊！」李末謁緬懷的說著，眼底卻盡是嘲諷的笑意。

他的手在懷裡摸索著，緩緩掏出了一條鍊墜。

那是一條古風的銀飾相片墜，古典的秀麗銀蛋，隨著清脆的咯嗟聲彈開，在銀蛋的中心露出了一張全家福照。發黃的照片中，有著一對雙眼對視顯得格外恩愛的夫婦和另兩位笑容可掬的孩童。

那枚鍊墜越是在空中翻轉著，林文的神情就越是蒼白無助。看著李末謁那開闔不斷的唇，林文的雙眼逐漸迷離了起來，身子僵硬得完全無法動彈。

他腦海中當初被夢魔所塵封的記憶，隨著李末謁手中搖擺晃蕩的銀墜，封印潰堤、散落，所有恐懼的記憶、所有逃避的過往，一點一滴的浮上心頭……隨著記憶的明朗化，他緊緊的環抱著雙肩，全身顫慄不止。

一旁的亞澈和由乃看著林文，不知如何是好。

琳恩早已一個箭步邁步向前，擋在了林文和李末謁中間，滿溢的笑意完全遮掩不住，但是她的笑容，卻讓所有罪業會的人狂冒冷汗。

「很囂張啊？我不說話就這樣欺負我家主人？是沒聽過打狗也要看主人嗎？」

琳恩就這樣語句矛盾的說著，帶著點詼諧，卻完全沒有人笑得出來。

從一般人的觀點看來，琳恩或許只是個惡魔女僕，但對罪業會而言，她就是赤裸裸、活生生的惡夢！

當初，琳恩一人摧毀了一個支部，沒有留下任何法術的痕跡，沒有留下任何詛咒的殘念，她就這樣把整座支部人員的精神摧毀，只剩下喃喃恐懼痴呆的部員印證了她曾經的存在。

所有罪業會的人員都警戒著琳恩。

看著罪業會忌憚的模樣，亞澈的心糾結成一塊。

「林文這到底是？」

他張望著左右兩邊，心中的疑惑卻逐漸擴散暈染開來。

為什麼林文會和罪業會的高層認識？而且經由他們之間的針鋒相對，可以看得出來他們的淵源頗深，這其中的原因是？

「還看不出來嗎？事實就是他曾經是我們的一員。」李末謁咧嘴笑得非常猙獰，「如果不是他，這幾百年來我們怎麼能夠做到精確鎖定目標的召喚術？」

李末謁才剛語畢，人群頓時就炸裂了。

魔族們無一不用著憎恨的神情怒視林文，就連亞澈和由乃都無法置信的望著林文。

而成為注目焦點的林文，空洞的眼神看向四周，雙唇張了又張，似乎想要說些什麼，卻又完全無法吐露出來。

恐懼攫獲著他的心頭，他只能緊緊抓著胸口，幾乎無法呼吸。

這時候，一道身影把林文緊緊懷抱住——琳恩就這樣摟著一言不發的林文，看向了亞澈和由乃，滿眼盡是惆悵的漾出苦笑。

「你們相信那個混帳的話？」

看著林文明顯的異狀，亞澈拉著由乃的手，大步站到林文身旁。

「當然不相信。」他閉上眼，數秒後緩緩說道：「我只相信我所接觸認識的真實，而林文絕對不是助紂為虐的那種人。」

「我、我也不相信！」由乃狂亂的甩著頭否認，「連蟑螂都還要拜託我踩的人，我不覺得會做出這種瘋狂的事情！」

他們倆說完時，相視了一眼，隨即露出淡淡的微笑，心中不約而同的否定了罪業會的宣言。

老實講，他們兩人並沒有任何可以依據的點，也完全沒有可以掌握的證據。

之所以會如此堅信，就只是因為和林文在一起相處的那些歲月……

也許大多數的召喚師都是如此，仰賴著召喚術在人間做些非法勾當，就為了飛黃騰達。

但這絕對不是那位他們所認識的林文！

林文他大門不出二門不邁，比黃花大閨女還要閨女！最重要的是，他根本就不可能接受這種傷害他人的行為，尤其這個「他人」還是異界生物！要知道，他可是非人間沙文主義！這絕對不可能是他做出來的！

「都已經到這種地步了，混亂王族還是要站在原凶那邊？」

魔族中不滿和憤怒的聲音交雜洩出，其中不乏將怒氣從林文身上轉移到亞澈身上的人。

他們完全無法理解，混亂王族就這樣莫名其妙的闖入了他們之間，就在他們要痛下殺手的時候庇護著神族，如今即便罪業會的人跳出來承認，混亂王族卻要與那名元凶站在同一陣線！

這已經不是忌憚混亂王族身分的時候了！如果那名皇子真以為身為混亂王族就可以支手遮天的話，那他就大錯特錯了！

「讓開！誰管你是不是真的混亂王族！就算眼前是希瓦娜，也沒有資格阻擋我們！我們現在就要立刻討伐那名召喚師！」魔族聯軍的領袖怒目的瞪著亞澈，隨即撇過頭望著罪業會大祭司不放，「然後接下來，我們就要在這裡把你們罪業會滅了，你們誰都別想逃掉！」

「討伐？誰？」

稚嫩的聲音從天而降。

在語畢的同時，一塊龐然巨物從空中砸落而下，「乓」的一聲！震耳欲聾的聲響伴隨著強大蠻橫的衝擊波，掀起了大量的塵土，只是在場的所有人都不是泛泛之輩，一個個信手拈來的結界和護身術，就把所有的飛沙走石都擋了下來。

就在塵土逐漸落定，魔族和罪業會正打算發難時，他們卻驚愕得無法動彈。剛剛那龐然大物，竟然是骨龍的頭顱！只是原先顱骨內那幽怨的冥魂早已煙消雲散了，只剩下空虛的骨頭訴說著曾經的輝煌。

「扭曲事實你們倒是很會，但在仙界面前玩這手，就不怕砸了自己臉？」霧洹臉色冷淡的說著，手邊的紫青鋼劍發出一圈又一圈的劍氣，雖然被敵人重重包圍，她卻完全沒有示弱的意思。

身為劍仙的她，實在不應該輕易的讓怒火動搖她的心神，但無可奈何。

她瞟了林文一眼，看著完全被過去的陰影所禁錮的靈魂，她很火大。

火大的是罪業會所玩弄的把戲，火大的是被回憶束縛住的林文，但要說最火大的——是那沒有能保護住林文的自己！

他們都曾立下過諾與誓，要守護住那年幼脆弱的主人，要捍衛得來不易的和平生活，要將血脈被詛咒的現實徹底粉碎。

所以她不能退讓，她也不容許林文的被誣陷。

霧洹朝著琳恩的方向點了點頭。

琳恩看著依舊身陷回憶無法動彈的林文，在他耳際旁細語著：「要先能接受，才能夠有所突破。」

林文的樣子就像是完全沒有聽見般的不停發著抖，琳恩看著一切的罪魁禍首大祭司那得意的神態，身子動了。

猶如黑影所捏成的麗人，快若閃電卻靜默無比的竄到李末謁面前，僅僅一瞬間，她就縮短了原本數十公尺的距離。

纖細的手指化成掌、化成扇、化成刀的劈落而下，但李末謁的手掌就這樣倏然抓住了琳恩的手腕。而琳恩卻餘速未減的利用反衝力跳了起來，倒掛在半空中，雙眼中所瞄準的是——

護墜！

一個錯身，琳恩已經退到距離大祭司幾十公尺的林文身旁，她嘴巴噙著那古老的銀墜，嘴角微彎的掃視四周。

「妳的手腕只差一點就報廢了。」李末謁意猶未盡的說著，完全沒有一絲可惜或扼腕著機會的喪失。

「但可惜差一點就代表功虧一簣。」琳恩冷哼一聲，全然不在意自己那發紅腫脹的手腕，逕行將護墜扔給了霧洹。

銀色的護墜宛若流星般的落在了霧洹的手中，沉甸甸的在手中很不真實……

霧洹環顧著四周，看最久的是林文那憔悴的身軀。

如果可以，她不想這麼做，她不願意去揭開林文心中的傷疤，但琳恩說的是對的——要先能接受，才能夠有所突破。

一直逃避下去，只會稱了對方的心意，還守護不了自己真心想要呵護的一切。

所以，她緩緩閉上眼，雙手緊握著銀鍊墜，彷彿祈求又宛若禱告，點點的仙氣從她的百穴千孔中散發出來。

所有人都知道這是突襲的好時機，但沒有人有膽子動作。

也許是因為曦發已經重新站了起來，眼底的懊悔表露無疑。

也或許是琳恩已經將手中的黑鞭騰起，奔騰的殺意無可匹敵。

也有可能是亞澈和由乃那全副武裝守護住死角的眼神，讓人為之動容。

因為無人干擾，所以霧洹傾盡全力招來的記憶風暴擴張到整座校園，濃厚的霧氣卻和那時在妖怪村莊時完全不同。

稠密的霧氣，所映照出的是如血般的深沉暗紅，幽怨的氣息充斥著整座校園，要不是罪業會事前張開了結界，眼下絕對會引發普通人類的精神集體崩潰。

但在場的人都不是凡人，所有人都或多或少經過了歷練，所以當心中的衝擊掀起時，所有人久久不能言語。

The summon is the source of chaos

Chap.6 林文和琳恩的過去……

一段影像……不，是一幅世界的畫面在眼前擴展了開來，所有人都面面相覷的看了看彼此，完全無法干涉這個世界。

因為這個世界是屬於過去，已經發生過的事件……

靜謐的天際，湛藍的蒼穹和棉絮般的白雲彷彿被一層紗網遮掩般，此處宛如現實與虛幻的灰色地帶。

綿延環繞的群山之中，一男一女兩名幼童就這樣身處在巨木高林裡頭，捧著相對笨重的魔法書，用樹枝在地上描繪著歪七扭八的召喚法陣。看著理應圓形的法陣變成詭異的橢圓形，小男孩和小女孩一點都不計較，只是抹了抹鼻子，讓塵土沾滿臉龐。

「沒關係、沒關係，就這樣吧！」小男孩興高采烈拉著仍趴在地上的女童的手，站了起來。

「……麻麻說不能自己召喚，要等他們都在。」女童不安的扭動著身子，張望著四周。

「可以的。」小男孩的臉龐透露著玩樂的神態，手指抵著召喚書上的字句，一字一句的朗誦著，試圖召喚使魔現身。

看著眼前的記憶，所有人都不禁啞然了。

這根本是不可能成功的召喚，別說法陣扭曲不全，就連吟詠也斷斷續續，甚至還出現唸錯讀音的現象，這根本沒有成功的道理。

然而，緊接著發生的事情卻讓全部人瞠目結舌了。

歪曲的召喚陣搭配上零零落落的咒文，卻成功的讓法陣發出璀璨的光輝。當咒光消失的時候，一隻有著三種不同頭顱的魔獸「奇美拉」赫然現身在法陣中。

別說所有人無法理解，就連記憶中的奇美拉魔獸也是一臉茫然。

看著威武猙獰的奇美拉，小男孩得意的挺起胸膛，就連小女孩也畏畏縮縮的撫摸著奇美拉的蛇尾。

就當奇美拉看了看四周，被無緣由召喚的怒氣逐漸高漲，準備襲向男孩和女童時，樹林中猛然傳出了清晰宛若清鈴的嗓音。

「——送返。」

聽著那不疾不徐的命令，奇美拉的身影頓時消失在虛空中，而男孩和女童則是臉色轉瞬刷白，躡手躡腳的想要轉身偷偷離開現場。

「林文、林嬅，給我個解釋？我跟你們說過很多遍了，這種亂七八糟的召喚是會闖出禍事的！」

一位黑色直長髮的女子穿著一襲連身長裙，笑容滿面的邁步上前，即便她的每一步都顯得氣勢萬鈞，掀起微小的塵波，卻完全不減她的風采。

她才一上前就緊捏轉著林文和林嬅的耳朵，看著兩個孩童不停的喊疼，她卻完全沒有任何要鬆手的意思。

「嗚！麻麻，妳聽我說都是哥哥要召喚的！我只是──」林嬅痛到眼角都泛出淚光了。

「只是好奇到底奇美拉的樣貌跟書本上的是否相似？」女子抬了一邊的眉毛，看著林嬅表情瞬間空洞，她嘆息的放開了手。

「麻麻還會猜心術啊……」林嬅呢喃著，用驚嘆的眼神望著女子，完全是一臉的欽佩。

看著自己的女兒露出嚮往的神情，女子用空出的那隻手按著脹痛的太陽穴。

每次召喚使魔的理由都是同一個，她不耐煩的看著另一名幫凶。

「所以我們偉大的哥哥，又秉持著完成妹妹願望才是好哥哥的想法，以身犯險了？」她冷冷的說著。

「妳怎麼知道？」林文稚嫩的臉龐露出驚訝的樣子。

「我怎麼會不知道？你們兩個每次闖禍的理由都是這套，了無新意。」她鬆開了另一隻手，看著不停搓揉著自己耳朵的林文，莫名的疲憊感襲上雙肩。

「媽，妳別這樣子啦！反正要是失敗的話，最多就召喚不出來而已，不是嗎？」興許是注意到母親疲憊的神情，林文連忙安撫著她。

「那我問你，你截至目前為止有失敗過嗎？」女子冷笑了一聲。

「沒有。」林文得意的低頭偷笑。

看著林文的笑容，女子毫不留情的就是一記手刀敲他的頭。

「我跟你說過多少次了！不要召不要召不要召！老師在說你到底有沒有在聽啊！況且奇美拉天性凶殘，你召喚牠出來，難道還期待牠會給你來個愛的抱抱？」

「痛……我、我以為會失敗的說……」吃痛的摸著頭頂，林文懦弱的說著。

「我跟你說過了，我們家族絕對不會召喚失敗！」女子深深的嘆息了，「我們是喚者的最後一分支，即便這樣，天賦和血緣就是如此的霸道不講理，所以就算你畫的召喚陣是三流中的三流，也依然會強制召喚出來，重點是——」女子怒氣沖沖的連珠炮痛罵。

「重點是我們召喚要付出代價，需要犧牲部分的靈魂和血液，媽妳說到我都會背了。」林文順口的繼續接了下去。

聽到林文的接話，女子額頭上的青筋頓時冒出好幾條，手刀又是毫不留情的連敲著。

「你都會背了！還給我捅這種婁子！根本是皮在癢！」

林文看了一眼女子怒火中燒的雙眼，連忙躲到一直在旁邊觀戰的林孋身後，兩人就這樣以林孋為中心點開始玩起老鷹抓小雞了。

這時的林文一直忙著躲避母親的追打，等到逃累了他才想起，他每次都很想問母親為什麼他們是喚者的最後分支？這麼強悍的天賦，為什麼會淪落成如今只剩他們四人的小家庭？

這些疑惑都直到和罪業會的前身相遇時，他才了解為什麼他們一家人隱居在山林之中，為什麼母親總是不厭其煩的到處跑山去設下結界，為什麼只有身為平凡人的父親才擁有下山購物的資格……

看著此情此景，亞澈愕然了，他從不知道林文有妹妹……不對，他根本沒聽過林文談起他的家族往事。

身陷記憶風暴之中，林文的眼神卻逐漸清明了起來，他聽著母親和林嬅的笑聲，淚水決堤般的湧落。

「不要……我不想看到後面……霧洹停止！」

霧洹聽著林文的哀號，臉上的躊躇猶疑表露無疑。

「不要停！」琳恩高聲喝令著，踏著高跟鞋的雙腳有如戰靴般，她露出哀傷的神情卻緊緊的抓起了林文的領口。

「我沒有權力逼迫你面對這場悲劇，但是如果可以，我希望我——」琳恩甩了甩頭，蠻橫的喊著那幾乎是略帶哭聲的吶喊：「不！是我們能夠陪你度過這道鴻溝。人活著總是痛苦的，絕望總是在一旁虎視眈眈。但是痛苦沒關係，哀傷也無所謂，重點是絕對不能夠……逃避！」

林文看著琳恩滿濕潤的眼眶，深吸了一口氣，再看向身旁的曦發、霧洹、亞澈、由乃，甚至感受到了身處異界的夢魘和黃泉擺渡人的氣息。

他倔強的抹了抹淚水和汗水，重新站立起來，眼神筆直的盯著霧洹手上那古老的銀墜，猶帶著點畏懼，但是卻不再逃避了。

接下來，記憶的世界破滅了，成塊成片的結界如同玻璃般粉碎墜落，原先略顯隔紗般的朦朧感頓時消失得無影無形，除了罪業會成員，所有人都以為這記憶風暴要結束了。

但這只是記憶中群山的結界崩潰……

女子臉色凝重的一手抓著林嬅、一手牽著林文，奔跑於山林小徑間。

但是他們沒有跑多久就停了下來，因為山林小徑的末端，一行人就這樣好整以暇的看著女子。

「這次妳沒有辦法用逆召喚逃脫了吧！」

人影從黑暗中走了出來，那是一個男子，粗糙低沉的嗓音迴響在山野之間。

「也對，對幼童來說，次元穿越實在太危險了。還是妳在期望著妳那失蹤的丈夫會現身來拯救你們？」

「你們怎麼會知道他失蹤了？」女子渾身打了個寒顫，她心底的不安越擴越大，幾乎要吞噬了她。

「我還以為妳要問我們怎麼知道你們的下落。」

男子的手中搓揉著什麼，那是正常人所無法窺探到的物質，但女子不是。不只女子，在場的都不是。

「那是……魂華！你們竟然這樣對待成岳！他只是個平凡人，根本與喚者無關！」女子雙眼瞪大，全身血液幾乎倒流，身子完全僵硬了。

「不，從跟妳結婚生子的那一刻，林成岳先生就已經有扯不完的關聯了。」男子冷酷的說道，手一揚起，槍響聲從遠處響起。

幾乎是同時感受到痛楚，轉過頭看著自己手臂上的針筒，女子在失去意識之前，只能輕輕的推著林文和林嬅喊著：「快……逃……」

「媽！」兩個小孩只能驚聲大喊著，完全不知道發生了什麼事。

然後，記憶倏然轉換——

原先蔥綠的山野消失得無影無蹤，映入眾人眼簾的是舒適的房舍，目光順著螺旋般的樓梯看去，可以窺探到帶有高級光澤的牛皮沙發、大理石砌成的地磚，和高掛華美的水晶吊燈。

這是一處隨處可見的豪宅，但裡頭的侍女卻不比尋常。看著侍女身後毫不掩飾的惡魔羽翼和頭上的角，當她一轉過頭時，那似曾相識的臉龐讓亞澈和由乃驚呼了。

「那不是琳恩嗎？」

「是啊，那是我，但又不是我。」琳恩笑得很淡很薄。

聽著亞澈和琳恩的交談，魔族精銳中的一人憤然怒斥了。

「說什麼要公開真相，如果要公開真相的話，為什麼記憶會突然跳轉！這根本就沒有相信的價值！」魔族精銳注意到詭異之處恨恨的說著。

「有點知識好不好？」曦發一臉的睥睨，「這是銀墜的記憶，只會停留在持有人記憶深刻之處，還是你當真以為是銀墜有記憶？你乾脆說銀墜還會哭會笑好了！」

「……妳！」魔族精銳氣憤的上前一步，想要動手，卻又完全無處下手。

「哼！」曦發扭了扭全身筋骨，大有放馬過來的意思。

但兩聲刺耳的哭聲讓所有人又把注意力移回了記憶之中。

林文的母親癱臥在病榻上，憔悴的神情和發黑的印堂，完全無法和前一段記憶時的她相提並論。

林文和林嬅就這樣守在病榻旁低頭不斷的哭泣著，而昔日的琳恩彷彿木偶般在一旁完全不為所動。

「別哭了，只要再召喚兩次，我們就可以自由了。」女子曾經清鈴的嗓音變成粗啞，就連那昔日烏黑亮麗的直長髮，此刻也枯燥散落著。

「那我去召喚吧！」林文站了起來，滿是淚痕的臉龐散發著某種堅決果敢。

「不可以，咳……咳。」女子連忙拉住了林文的手，「你還太年輕，靈魂還未完整。」

——而我早已千瘡百孔了。

女子在心中默默的露出苦笑。

看著高貴華美的大門再度敞開，一行人早已站在門邊望著裡頭，女子摸了摸林文和林嬅的額頭，拾起僅存的氣力，站起身，腳步蹣跚的緩緩走了出去。

「那是我記憶中最後一次看到母親的身影。」

林文的聲音斷斷續續的從口中傳出，不夾雜著怨恨，也不夾雜著後悔，只是平淡的低語著。

再次見到這光景以為會很痛心，但實際面對時，卻只有濃厚的不真實感。

一直以為還能夠再和母親見到最後一面，一直以為母親還會推開門扉走進來，但是一切的一切，都只是他所以為的以為。

林文看了看自己的指掌，緊緊的握著。他知道快來了，一切的變革和那悲劇的幕間。

看著林文肅穆緊張的神情，琳恩嘴角微彎的把手放在林文頭上，彷彿摸著寵物般的輕撫。

林文感受著琳恩的撫摸，罕見的完全不抵抗，只是深吸了一口氣，準備迎接眼前空間的再度分解與重新構築。

說實話並沒有過多久，僅僅只是兩個禮拜完全不見母親的蹤跡，但對林文和林嬅來說，卻彷彿已經度過了一輩子。

等到門扉再度敞開之時，回來的只有一套洋裝，那是母親離去之際所穿著的衣裳，稀薄的母親芬芳幾乎快要消散，林文差點窒息，而林嬅更是昏厥了過去。

「沒有給你們悲泣的時間了，雖然你們尚且年幼，但眼下還需要一次召喚，只能讓你們上場了。」一名男子嚴肅的說著，銀金色的髮絲和猶如雕刻般冷峻的面貌，他的話語中完全感覺不出一分的歉疚。

看著那人似曾相識的面孔，大祭司冷冷的面視眾人，直接回望著亞澈等人的視線，神情中沒有逃避、沒有羞愧。

兄妹倆被大人們架了起來，完全無法抵抗的被攆進地下室。

冰冷的石磚和幽然的燭火互相融入，隨著石梯的深入，腥臭的血水味緩緩瀰漫上他們的顏面。當大人們終於停止前進時，他們被摔了下來，「啪」的一聲，冰冷的濕潤感濺滿半身，他們只能緊緊握住彼此的手，艱困的爬起來。

在微弱的燭光照映下，他們依稀看到地上那遼闊的召喚法陣，構成的素材有著龍骨、瑪瑙、珊瑚等珍貴的魔法素材，但是再華美的素材，在滿地血水的倒映下，只會顯得更加怵目驚心。

「哥……我怕。」林奮全身不停的發抖著。

「哥哥保護妳。」林文安撫著妹妹，想要嘗試去撫摸她的頭，但在燭光下窺見自己的手掌早已一片通紅，他忍了忍，還是放棄摸頭的想法。

「召喚吧！召喚完這一次的神隱年，我保證你們有生之年不會再看見我了。」年少的大祭司字字句句迴響在整座地窖中。

「那……我來吧。」林文站了出來，把林嬅藏到了身後，他的聲音結結巴巴的說著，「我有召喚的經驗，比起妹妹，我成功的機率會更大。」

「你有召喚過？所以妹妹的靈魂反而比較完整嗎？」年少的大祭司摸索著下巴，緩緩的搖了搖頭，「那就應該讓妹妹上才對，如果情況允許，說不定根本就不用犧牲喚者了。」

聽到「犧牲」兩個字，林文怒不可抑的緊握著雙拳，他還想抗議的時候，卻被一旁的人員架到後方去了。

他不停的高喊著讓自己去代替林嬅的話語，但只是換來一陣痛毆，讓他只能趴倒在血水中痛苦的看著林嬅緩緩站到召喚陣中央。

他永遠都不會忘記那時發生了什麼事情，整座地窖被召喚陣的光輝照得通亮，代表魔界的紫光刺眼得完全無法直視，林嬅就這樣召喚出了當時的欺瞞之王。

處在陣央中心的林嬅，當時神情恍惚的露出了空洞的微笑，隨即被剛降臨的欺瞞之王當場腰斬了。

混亂充斥著整個場面，沒有人在意林嬅的遺骸，所有人都忙著封印欺瞞之王。林文就這樣眼睜睜的看著林嬅的遺體在咒法的光輝下被炸成一灘肉泥，銀灰色的墜飾被爆炸的餘波彈飛，倏然化成一條曲線，落到了他的眼前，彈了兩下，墜蓋剛剛好彈了開來。

那是他曾經的生活、曾經的家人、曾經的歲月，如今卻全部都消逝了。

緊緊咬著牙，用力到牙齦都滲出了血水，心臟抽緊發疼，他的雙眼蘊足著怨怒，但是他深知此刻的自己完全沒有力量。

就算犧牲了自己的靈魂召喚出神話等級的使魔，也沒有人可以保證這樣就能夠替家人報仇——不，如果神話等級的使魔真的能夠和這群人抗衡的話，母親就不會這樣犧牲了！

所以，召喚沒有意義……

但是除了召喚，他也沒有別的力量了。

看了一眼狼狽不堪的欺瞞之王逐漸被封印的魔法光輝壓制，林文站起身了。

在所有人專心一意封印欺瞞之王的時候，沒有人有多餘的心力注意到林文的舉止，等到他們發現到異狀時，林文早已將地上的召喚陣符文改寫了。他不慌不忙的站上了林嬅剛剛的立足之地，即便欺瞞之王就在他正眼前方不停的吶喊怒吼，他也完全不為所動。

「你想做什麼？」年少的大祭司鏗鏘有力的吼著。

「想要……你們付出代價。」林文笑了。

這是他在被捉來這裡後，第一次也是最後一次露出的笑容，他笑得很惆悵，惆悵到荒涼至極。

召喚陣的光輝亮起，但卻不同於以往他們所認知的法陣模式，這斷斷續續的光輝，和以往持之以恆的咒光完全相反。

危險的警訊在他們心中大起，但他們卻不能脫身去阻止林文，因為欺瞞之王隨時都有可能掙脫封印，他們只能眼睜睜的看著林文身子倒了下去。

說實話，林文很清楚這個法陣不會召喚出任何使魔，他違背了母親所教導的召喚禁忌，法陣中的任何符文參數他都是隨機亂搭的，越是詭異的符文他越是寫了上去，而且他知道也不會有任何的使魔會回應的，畢竟他所召喚的根本不是六界之中的任何一界，所以這幅法陣是失敗的。

失敗的召喚法陣所造成的災禍，空間將會以法陣為中心瓦解，所有的一切都會被吞噬掉，直到界層自然的中和這種次元扭曲為止，而在那之前……這塊大地上的所有生物和物質都會被吞噬得一乾二淨。

到最後一刻，他猜對了前部分，空間確實扭曲了，首當其衝的就是半封印狀態的欺瞞之王直接被瓦解了！

強大的精神生命體的滅亡，造成了威力強大的震撼，簡直就是靈魂的炸彈引爆，所有在旁待命的使魔都受到波及——靈魂化作魂華飛散！

但是剩下的人卻依憑著身上的護具，強硬的撐了下來，最多就是精神有些恍惚而已。然而，就在他們準備迎接次元的瓦解之時，次元卻修復了。

所有人喜出望外的鬆了一口氣，但隨即又露出哀愁的神情看著消散不見的欺瞞之王原位址，就連喚者也瀕臨死亡，靈魂清晰可見的四分五裂，距離魂飛魄散也不過一步之遙了。

「我們還沒有失敗，雖然靈魂幾乎瓦解，但根據實驗，我們已經證實就算只有肉身，召喚還是有一定的成功率，而我們所收藏的歷代喚者遺體夠我們撐過去的。」年少的大祭司緩緩的說著，睥睨的看了林文一眼，手上的冰錐術漫不經心的就這樣扔擲了過去。

眼看林文就要被洞穿的時候，一旁的惡魔女僕輕描淡寫的擋下了冰錐術。突然介入李末謁和林文之間的惡魔女僕，完全沒有理會李末謁。

「使魔？妳該不會要跟我說妳同情他們吧？」看著沉默不語的惡魔女僕，年少的李末謁皺著眉頭提問。

但惡魔女僕還是沒有理會大祭司，只是逕自的蹲下身，強硬的扭正林文的下巴，強迫他和她眼神對視。

「別以為你可以這麼輕易就死去，沒有人只召喚靈魂不召喚身體的，害得我得隨意挑個屍體附身。聽好！你沒有把我送回去之前，我絕對不會讓你死的！」琳恩戲謔的說著，完全不在乎被敵人包圍的事實。

語畢，她站了起身，翻轉著手臂，露出了厭惡的神情，喃喃自語著：「次元通道剛關閉，應該還可以發揮出全力，但之後……嘖嘖，只能發揮不到一半的力量嗎？還真是貧弱的身軀。」

又瞄了一眼自己高聳的胸部，她沒好氣的笑了笑——好吧！至少某部分也算得上是值得高興了。

「所以我現在要代替被觀察者，不、不對，這具身軀應該是女僕吧？那就……代替我的主人懲罰你們。」琳恩掛在嘴上的笑容帶著濃厚的惡意。

※　※◆※　※

眼看記憶中的戰鬥一觸即發的時候，記憶風暴卻突然消失得無影無蹤。

就像看影劇看到一半被莫名切掉，所有人都怔愣了好一會兒，才轉頭盯著琳恩不放。

琳恩只是聳了聳肩，虛假的裝出一副害羞的模樣，輕然的遮住了雙眼，嬌聲喊道：「這麼快就體會到當女星的感覺，真是新奇的體驗。」

「銀墜的記憶就到這裡為止。」霧洹淡淡的說著，接下來是身為銀墜持有人的林文昏死過去，理所當然不會有記憶的片段可以讀取。

所有人都在聽霧洹的發言，卻沒人注意到她那小小的拳心中滲出了赤紅的鮮血，如小溪涓流般不停滴落──那些都是被她的指甲刺穿的。

她幾乎快要按捺不住，尤其在剛剛看到林文母親最後身影的樣子時，她幾乎是用盡全力的克制著意識，才能壓抑住自己不衝出去砍了眼前的罪業會。

「所以，罪業會你們才是罪魁禍首，竟然血口噴人！」由乃伸指怒指著李末謁，罵道：「害人家破人亡還在那邊妖言惑眾，簡直是無恥！」

「從我當上罪業會大祭司的那一刻開始，我就沒有羞恥的觀念了。不只是我，我們都是如此，為達目的不擇手段。」李末謁冷冷的說著。

「所以呢？你現在要與魔族精銳和我們為敵，然後一口氣分出勝負？」曦發掃視著罪業會每一人，身旁的淨火早已燃焚了起來。

「呵呵，說得好像魔族已經和你們同一陣線的模樣。」李末謁雙手大張了開來，眼底暗光閃爍的看著保持沉默的魔族，他微瞇起雙眼沉聲道：「雖然是我們逼迫的，但是唯有喚者身分才能夠鎖定特定人士召喚，在今日放跑了他們，難道魔族不會擔心未來神隱年再現嗎？」

「別聽他們的言論！」亞澈看著猶豫的魔族高聲喊著，「就算林文不幫助他們，他們也還是可以透過遺體達成神隱年，這跟林文的存在與否根本無關！」

李末謁頷首表示同意，但卻又繼續開口了：「但是將喚者收拾掉，也算是將另一條路封死吧！畢竟斬草不除根，春風吹又生，人間人類的生殖力，魔界總該知情吧？」

掙扎了片刻，魔族精銳們的首領看著傷痕累累的林文等人，以及人多勢眾、完全毫髮無傷的罪業會，他做下了決定。

「保持原訂計畫，先殺喚者。至於罪業會……我們日後必定殲滅你們！」魔族精銳的首領斬釘截鐵的說著，全場的龐大壓力頓時又轉移到林文一夥人身上。

「魔族都是腦殘基因的攜帶者嗎？還是他們根本欠缺大腦這種複雜器官？」曦發憤恨的咬著牙，每一字句都彷彿從牙縫間蹦出般的怒斥。

「除了亞澈以外，大概都是智能殘缺吧。」由乃探了亞澈一眼，深深的嘆息。

「倒頭來，不管有真相或者沒真相，結果如出一轍。」霧洹嘴角帶著點苦澀的彎起。

「不過這樣也沒什麼不好，至少小林文不會再怕得躲在我懷中哭泣了。」琳恩攤了攤手。

「我哪有躲在妳懷中哭泣！」林文一邊激動的說著，一邊連忙抹去自己臉頰上的淚痕。

「人類果真是自欺欺人的種族啊！」

霧洹、曦發、琳恩和亞澈不約而同的發出感嘆了。

由乃愣了愣，隨即笑了出來。她從霧洹的手中接過銀墜，轉過身大步的跨足到爭吵不休的林文面前。

「這墜子對你來說應該很重要吧。」由乃小心翼翼的把手掌打開，深怕又讓林文的惡夢再度湧現。

而林文看到墜子的剎那，只是渾身抖了一下，滿臉五味交雜的拾起，細細看著墜子裡全家福的照片。他默然的轉手交給了琳恩。

「要我丟掉？」琳恩開了個玩笑。

「幫我戴上。」林文神情和緩的說著。

感受著頸側旁若有似無的冰涼觸感，他闔上了雙眼，回想著過往兒時的幸福時光，又緩緩的睜開眼睛，右手緊掐著銀墜，「對不起，我逃避了很久，所以現在請給我重新面對的勇氣。」

銀墜上弧光閃動，彷彿歡騰的笑聲湧現，一明一滅間映射出遮掩天際的咒光，宛如銀絲般的流星雨炮轟了整座校園——混戰開始了！

The summon is the source of chaos

Chap.7 亞里斯的算計

率先衝入炮轟咒光中的是曦發，她的身邊充斥著淨火所捏成塑形的駿馬，一跑起來就宛若萬馬奔騰，完全無懼於咒光的壓制，迎頭便衝鋒了上去。

看了一眼遠處偷雞摸狗的罪業會，霧洹好不容易才忍住追上去的衝動，看著天空再度敞開的召喚之門，她的身子化成一道迅影，直接把只露出半個身子的冥界各種使魔砍成兩截。

就連由乃也不遑多讓的，不停手的還以真正定義上的炮擊，各種火藥混雜著魔工學特有的光輝炸開，哀號聲都隨著她的手勢傳出，彷彿她是個指揮家，正操縱數百人的樂隊展出。

亞澈的手穿過了一隻食屍鬼的胸膛，濺起一小簇屍水水花，黏滯的屍水從他的指尖滑落，但他卻完全不在意，或者應該說是根本沒有在意的空檔，因為越是身陷在其中，他越是了解場面的不樂觀。

即便所有人都用盡全力的抵禦，也僅僅讓戰況陷入膠著，甚至以客觀的層面上來說，是天平正以非常微小的速度一點一滴的開始不利於林文這方。

就算曦發可以和群魔抗衡，但並不代表她不會疲軟；而霧洹雖然努力的阻止召喚的使魔降臨，但召喚的範圍擴及整座校園，分身之術的她總會有漏網之魚。

即使只是些雜魚使魔，但就是這樣微小的變因，影響著整場戰局。

更何況罪業會的人完全是以逸待勞的看著這場戰鬥，如果這場戰鬥真的結束的話，他很清楚下一個遭殃的就是魔族聯軍。

魔界聯軍秉持著自己是魔界的精銳以及對人間的輕視，根本不把罪業會放在眼中，這種疏忽自大的心態，真的要是在戰鬥過後緊接撞上罪業會的人，他們必定是慘敗。

那樣，罪業會就稱心如意了。

但問題就是稱什麼心？如什麼意？

推想至此，亞澈反而更感覺到一絲的困惑和詭譎。

他不明白，正是因為身在這種局面下，他才無法理解罪業會蹚這渾水的理由是什麼。

應該這麼說，在場的三方……

魔族有理由爭討，因為王命與敵愾。

至於林文，根本是被動的防禦反擊。

但罪業會呢？雖然說記憶風暴當中沒有看到後續的事情，但依據威仲和剛剛在場者的反應，不難想像一定是琳恩近乎殲滅的攻擊帶給了他們嚴重的打擊。

所以罪業會是來尋仇的？

他遙望了一眼大祭司那雙清明冷靜的眼眸，正固執的聚焦在林文身上。

「不是……真正的目的沒有那麼膚淺。」亞澈呢喃著。

雖然他不了解罪業會的核心目標是什麼，但他深知他們有他們的理想與目的，而且為了這個目的他們將不擇手段。

想到這裡，他不由得回想起旅途過程中所遇到威仲等人的舉動，那跳出身和肯對峙的場景，心底雖然不解卻還是不得不承認，一旦在這個目的以外，罪業會是會願意跳出來保護平民，即便是要與魔族為敵……

一閃了神，一道翠綠色的藤蔓從地面竄出，幾乎要纏繞住他全身的剎那，亞澈只是冷靜的喊了聲：「不得近我。」

藤蔓立刻鬆散了開來，亂伏於地，像是大地的亂髮般靜止不動。

「我忘記了，用有生命的植物想要禁錮你是不可能的。」

李雲在茫茫人海中走了出來，身上一塵不染，就連釦子都沒少掉，彷彿剛從試衣間離開，很難想像他剛剛穿越了兩道混戰場面。

「用無腦的植物作為攻擊是對的，但如果能夠回應你們的召喚，那就沒有理由聽不懂我的言靈。」亞澈抬起目光看著李雲。

「我以為你會守在惡魔女僕身旁，不敢離開她的保護。」李雲虛假的拍了拍掌，諷刺道。

「這又何必，你們的目標根本不是我吧？」亞澈為難的笑了出來。

「喔？願聞其詳，你說的越久，我們之間的和平就越久。」李雲和緩的說道。

「別裝了，你們的目的還是喚者對吧？」亞澈淡淡的說著，「我是不知道你們的中心思想到底是什麼，但假如是跟喚者有關的話，怎麼猜想也只可能是跟神隱年的延續有關吧。」

「這一點我不否認。」李雲攤了攤手。

「所以……你們已經到了沒有林文的幫助，就無法強制召喚魔界王族的地步了。」亞澈無視周圍戰況的白熱化，緩緩閉上眼，將自己的敏銳度提升到極致。

「在記憶當中，即便次元要崩毀了，你們依舊執著於封印欺瞞之王的靈魂，我只能假設，你們需要王族的靈魂去完成某些儀式，不是那種可笑的形式上的典儀，而是貨真價實的某種訴求，可能是獻祭給古神，或者是為了讓修為大增，要不然大概就是封印——」

在提到「封印」兩個字的時候，他清楚的感受到了那稍縱即逝的一絲驚慌情緒從李雲身上流出，然而在一睜開眼的瞬間，他看到了李雲那素白的神情，什麼情緒都看不見，沒有動遙、沒有譏笑，只是一白如淨。

「我反悔了，我必須在這裡收拾掉你，無論死活。」

李雲淡淡的說著，手指一彈響，四臺高大的機械人從土中竄出，黑鋼般的機身，和安置身上的兩處機關槍炮臺，就連雙眼都是紅色雷射光，紅點從上到下不停的在亞澈身上遊走。

「你這樣不就讓我明白剛剛我猜中了？。」亞澈的冷汗從額間滑落，言靈當然無法對機械作用，但此刻他只能故作輕鬆的笑說。

「無所謂，今天我不會讓你有走的機會。」李雲手指一張，神族法術特有的奶白光暈從中張了開來。

「這……不一定吧。」亞澈語畢的同時，連忙蹲了下來。

兩顆金屬球不偏不倚的穿過原先他頭部的位置，落地後直接炸了開來，強烈的閃光伴隨著一股古怪的不適感掠過全身，他感受到自己口袋中的手機一熱，下一刻就直接從他口袋中冒出陣陣黑煙了！

結果他就在閃光中被人抓著後衣領奔跑了起來。

「小姐，妳剛剛丟了什麼東西？為什麼我的手機完全融掉了啊！」亞澈邊把自己的手機扔到地上，邊哀號著。

「EMP四號。」由乃隨口吐出一竄數字英文組成，亞澈只能皺著眉頭完全無法理解。

「我模仿美國的三號電磁脈衝彈所做的試作品。」由乃不耐煩的補充。

「先不論為什麼有人想要模仿電磁脈衝彈，妳可以告訴我為什麼模仿三號卻名為四號嗎？」亞澈感到一陣乏力，心中只能期盼不安的設想不要成為真實。

「因為莫名其妙就超越三號的威力與破壞力了。」由乃露出虎牙笑了。

陽光下，她那動人的虎牙非常有吸引力，但亞澈卻完全沒有欣賞的心情了。

越是和由乃他們接觸，越是發現其實自己也沒有什麼特別的，至少比起喚者、比起這種真正意義上的魔工學天才，他實在太平凡了，一點都不起眼。

另一端，李雲足足在閃光下怒吼了好幾分鐘，才刺痛的睜開通紅的眼睛，別說是亞澈的身影了，就連高價從軍方那收購來的戰鬥機械人都全部壞掉，發出陣陣電光和火花，刺鼻的黑煙不一會兒就成為了驚人的火勢。

「追上亞澈，殺了他也無所謂！」

李雲瞪大著雙眼甩了甩手，身後的人肅然頷首，也跟著衝了出去。

狼煙的戰亂中，亞澈和由乃不停奔跑著。

若不是絕大多數的敵人都被琳恩等人擋下，剩下的人又無法闖過由乃所設下的地雷區，他們早被人追上了。

「不能讓罪業會的陰謀得逞，這場戰鬥無論如何都要阻止！」亞澈咬牙說道。

「這是當然。不過，他們即便知道真相也都沒有收手，你覺得還有比真相更有用的方式嗎？」由乃冷冷的說著，拉動著自己的包包，比起剛開始抵達校園時相比，包包輕盈了不少，剩下來的炸彈不用看也知道所剩無幾。

倏然的，幾個身影從後面追了上來，亞澈和由乃正要回頭應戰的時候，琳恩和林文不慌不忙的從一旁趕上護住了他們。

「你們順著後門走，應該可以脫離罪業會的結界，出去了就不要再回頭了。」林文苦澀的笑了，他的額頭緩緩滲出血絲。

就連琳恩也不可避免的帶著傷痕和後面的追兵交戰。

林文手中的召喚書光輝不斷，同時支撐著三位使魔應戰，他其實已經很疲憊了，要不是憑著意志力，他們早就潰敗了。

可即便如此，勝負也早已決定了，能夠支撐到現在本來就已經是一種奇蹟，至於反敗為勝，那根本是白日夢話。

「林文，我不走，如果不是因為我，你根本不會被追殺到這種地步。」

亞澈和由乃都頑固的搖頭，完全沒有意願妥協。

「你再說什麼傻話，我早就跟罪業會結梁子結大了，難道你還不了解嗎？」林文張大雙眼著急的跳腳喊著。

「不，如果我死在那裡的話，今年的神隱年將會順利度過，魔族聯軍不會來人間，就連你也不會被罪業會追殺。」亞澈猛然咬緊嘴脣，將頭緩緩的低垂。

「不要把自己想的那麼偉大，就算沒有你，該發生的事情還是會發生。」林文的嘴角緩緩流下血水，當血水滴落在召喚書上時，召喚書所發出的光輝猛然一漲，宛若迴光返照前的最後一拚。

「那你老實跟我說，為什麼當時你要跳下來救我！」亞澈的雙眼浮上一層淚水，執著的不讓它滑落。

看著亞澈誠摯的神情，林文語塞了。

他很清楚應該要隨口胡謅的，最好可以輕描淡寫的隨意胡扯，把救了他說成是個錯誤就更完美了。

但是，他卻完全沒有辦法這樣說出口。

亞澈的眼眸還是跟初來人間時一樣的璀璨，宛若深淵中的湛洋，多了分成熟，卻也未失去對人性的信賴。

他很想將眼神飄移開那執著的雙眼，但就是完全避不開，避不開亞澈的泣訴，也避不開自己的良心。

「只是單純受夠了而已。」林文保持沉默了好一會兒，才說了出口，「受夠因為血緣和天賦所產生的悲劇再度上演，因為我深知那絕對不是你的錯，所以我出手了。我已經錯過了跟自己這麼說的時機，痛苦掙扎了好幾年，也因此我不想讓你也跟我有同樣的遭遇，畢竟這種爛戲碼人生之中上演一次就夠多了。」

「我……我也曾經痛恨過我的天賦。」亞澈愣了愣，每每回想被獨自藏在後院的日子，他也厭惡過、也憎恨過。

林文和由乃都憐憫的看著他那悲痛的眼神。

「但是因為這個天賦，我遇到了你們，甚至幫助了很多人。」亞澈一邊說著，一邊看著林文、琳恩、由乃等人，他的聲音開始顫抖了起來，「所以此刻我不痛恨了，我會接受它，因為這才是真實的自我。」

「亞澈？」由乃擔憂的關心問著，她輕柔的用雙手包住了亞澈的手掌，就在剛剛那一剎那，她突然感覺到有些東西改變了。

雖然亞澈此刻還是身處在自己的面前，但她卻覺得他異常遙遠，彷彿只要一鬆開手，亞澈就會消失在自己眼前一般。

亞澈屏住了呼吸，越是在這種危急的關頭，他的思緒反而更加澄澈，他很清楚自己的聲音在這場混亂中虛弱無力，剛剛在亂鬥中縹緲失落的言靈無情的證明了這一點。

光是能夠撼住對方的動作、延宕對方的心智，就已經是極限了。

雖然從以前就了解自己的言靈無力的原因，但他一直不願意承認，因為心底有股嗓音不斷的告誡著自己——

否認、拒絕、逃避、不需要去面對，反正自己的一生再也不需要這些力量，只要這樣就好了，這樣就可以了。

「但是，不行，現在不夠了。」亞澈低聲細語的說服著自己。

他正不斷的試圖掙脫那股嗓音，腦門緊縮著，他的心臟和血液都沸騰著，有某種力量正在抗拒著他的意識，就在他快要支持不住的時候，由乃的聲音成為了那痛苦中的鑰匙。

「亞澈？」

對了……就是這兩個字！那是所有的開始，是咒縛著他的起點，既是最初也是最終。

「咯噠」一聲，亞澈的心底有什麼東西鬆動了，有某種東西正在斑駁碎落，隱約的記憶碎片順著裂痕浮現了出來。

那是黑暗中的一道聲音，那莊嚴慎重的語氣，每個字眼都異常的謹慎，每個音色都撼動著他的心靈。

「孩子，知道為何你名喚亞澈嗎？」

他認得這聲音，這是母后特有的音質，饒富穿透力，彷彿連心靈都能透澈般。

那時的自己並沒有回應是嗎？他聽到了嬰孩的嘻笑聲，牙牙學語般的稚嫩，完全無法理解母后的言論為何。

「因為我希望你永遠隱伏於聚光燈下，故為『亞』。」

希瓦娜朦朧的身影將襁褓中的他抱了起來，零散的記憶碎片中，無法看清她的面容，是歡笑還是悲痛，誰都無法得知。

「然後永保清澈澄明，永遠與渾沌沾不上邊、扯不上線，故為『澈』。」

希瓦娜的黑影中垂落了幾滴淚珠。

「記住了，『亞澈』這名字，是我對你一生的祝福與詛咒。」

來自自己最親近的人所贈與的言靈……

原來如此，所以他才會是半吊子，因為他的名字就是抗拒他自身天賦的枷鎖，每每被人用名字呼喚時，箝制的力道就會更加強大。

真的是……很完美的言靈。

只要這道言靈還存在，大概終其一生魔界諸國都不會發現自己天賦的特異，也不會有人察覺到他那返祖的血統。

母后的叮嚀告誡現在依然言猶在耳，他可以體會母后的用心良苦，也可以感受到母后所期盼的只是他安穩的度過一生。

「但是來不及了，因為遇見了就再也無法轉身離去了。」

亞澈一臉複雜的淡笑，望了一眼由乃和林文等人，他將自己收起併攏的羽翼全數張展了開來。

漆黑的雙翅彷彿是由夜色所化成的，就連那對墨骨鹿角都閃動著玉般的光澤。

「亞澈，你想做什麼？」由乃對著空中的亞澈驚呼。

「沒有做什麼，只是承認罷了。」亞澈神情恍惚的呢喃著，「畢竟連自己都在欺騙著自己，怎麼可能可以說服其他人？所以只能揭曉了吧。」

「王子！絕對不可以揭曉真相！」

混戰之中，一道警告聲穿過了重重人海。

芽翼滿身狼狽的才剛從界層中穿越出來，即便短時間的界層穿越帶給他全身上下難以言喻的痛楚，但是他沒有多餘的心力去在乎這些了，他只是筆直的望著亞澈，雙眼中的驚慌表露無疑。

但亞澈只是笑而不語的望了芽翼一眼，下一刻他開口了。

所有人都聽見了亞澈的「聲音」，那並非物理意義上的聲音，而是更貼近於意念的思緒，沒有任何阻礙可以限制，無論聽力缺憾或者真空領域都阻擋不了，那是貫穿在場所有人精神的意念。

那是他對於自身的承諾。

「吾是深淵的渾沌者，亞里斯血脈之支，魔界之帝。萬魔尊我號令，帝者唯我獨一。」

亞澈張開了雙翼呢喃著，身上流轉不已的血液發燙發熱沸騰了起來。

「渾沌的加護者，永恆的呢喃不褪，故吾言是深邃心中之旨，吾語是淵藪之光，吾諾是萬物無可抗拒之誓。」

亞澈放聲喊了出來，所有的一切在那一刻天翻地覆了起來。

他頭頂上墨骨玉潤的鹿角在語末的瞬間粉碎成虛無，漆黑如夜的雙翼也斷碎成末，但亞澈卻感覺不到一絲痛楚，他眼角的餘光窺見自己足下那巨大的符文陣庇護著他不受任何流彈攻擊，他的呼吸撥擾著所有人的生息，他跨越了母親和芽翼始終阻止的那道不可碰觸的邊限了。

「亞澈！」

由乃等人看著這畫面，驚恐的呼喊著他。

所有人的目光都無法抗拒的凝視著亞澈，理應身陷重傷的他，卻沒有任何萎靡不振的模樣，就好像那對鹿角和羽翼原本只是虛構的道具。

亞澈腳下神秘的魔法陣不斷流通運轉著，如極光般璀璨的虹弧，將所有侵襲來犯的一切完全禁絕掉、隔絕掉、吞噬掉，那正是捍衛王者的禁陣。

他已經跨越了境界，臉上的表情是全然的虛無，沒有一絲情感，單單只是目光的碰觸，就讓被注視者身子無法動彈——不只是魔族，就連罪業會、甚至是曦發也不例外！

戰場的時間似乎凝滯，連針落地的聲音都能聽見的寂靜，大家只是仰望著他。

亞澈好一會兒都沒有動，經過了漫長的沉默之後，他緩緩開口了。

「回去吧，這場戰爭毫無意義。」

他的聲音十分淨澈的融入夏季的晚風，隨著風流捲散飄盪，卻讓聽到的人完全無法抗拒。

幾乎是同時，所有的魔族精銳如同整齊劃一的儀隊般，毫不遲疑的把自己頸上的墜飾一同扯斷。

零零落落的珠玉散落聲從四面八方響起，仰賴魔族秘法降臨的精銳們，在契約物毀壞的瞬間，化作了白光消失在人間。

只剩罪業會和林文他們互望著。

亞澈咬著嘴脣，表情終於如同人類般的掙扎了起來。

「罪業會，你們去向秘警署投案吧。」

他幾度思索之後，只能發出這樣的言論。

亞澈很清楚他應該要冷酷無情的讓罪業會自縊或者相互殘殺。

事實上，他心底的聲音就是這樣不斷的鼓吹著自己。

他幾乎是用盡全力的壓抑自己那冷血殘酷的意念。

——亞里斯……都是這樣抵抗著這種蠻橫的血脈嗎？他怎麼能做到？我幾乎快要無法抗拒那嗜血的天性了！

亞澈咬著牙甩了甩頭，但更為訝異的事情卻在眼前發生，使得他愣然了。

和魔族的情況不同，罪業會在接受到亞澈的言靈時，神情沒有轉為恍惚和茫然，他們每個人都炯炯有神的握住自己胸口前別著的徽章。

那是罪業會的圖騰，由各種罪人死難圖所雕飾的金徽，包含上吊、斬首、火刑等，不祥的魔力從徽章中散發出來，就憑著那股魔力，所有的罪業會成員完全不受亞澈的言靈影響。

「我們走。」大祭司五味雜陳的盯著亞澈，雙眼如同雕刻刀般精準的刻劃在亞澈身上，他泛出了非常玩味和詫異的微笑，「原來如此，這樣看來今年人間不只不會完蛋，說不定還能就此得救了。」

亞澈看著罪業會的徽章，雙眼卻逐漸陷入迷離之中，能夠抵禦現在的他力量的人，放眼六界絕對不會超過一隻手，所以難道是……

「亞澈，聽得見我說的話嗎？」

林文的聲音如同失訊的對講機般，充斥著雜音流入他的耳內。

他只能木訥的點了點頭，不是無法回應林文，而是不敢回應林文。他身懷恐懼的掐著自己的脖頸，他無法保證他下一句出來的不會是惡毒的詛咒。

暴漲的魔力，搭配上抑鬱數十年的天賦，讓他始終用理智所壓抑的魔族野性幾乎要脫控而出。

他低下頭不斷呢喃自語著……

——想看著這個世界陷入渾沌之中，不為別的，就是想看而已，並且是現在、馬上、立刻！

他知道憑藉著他現在的力量，他絕對辦得到，那為什麼不辦？

——如果只是這座小島的話，應該沒有關係吧？

——反正也不會有人敢指責我的！

——那為什麼不做？

一道馬匹的長影落在了身邊，是曦發的淨火駿馬嗎？

但他實在不覺得現在的他是曦發可以對抗的存在，那麼那匹馬的靠近到底想做什麼？

理智和野性的糾結在他的腦海中不斷上演，讓亞澈的雙眼完全失了焦，暴走的魔力狂亂的散布在大氣中。

「原來如此，我真是太佩服你的手段了，不……不只是手段，就連能力我也不得不誇讚幾句，果然不愧是喚者一族。」大祭司稀罕的露出讚嘆的神情，並且沒有一絲嘲弄的意味淺藏在其中。

林文白了大祭司一眼，轉過身子，手中的召喚書早已敞開，象徵夢土的通道在不知不覺中被開通了出來。

夢魇的身子如同幻影般圍繞在亞澈身旁，象徵夢境的幻火一明一滅間把亞澈困在其中。

「四重開門，這已經是神話領域了。」大祭司的眼神一一掃過琳恩、霧洹、曦發和夢魘，「歷代的喚者可是沒人能達到此成就的。」

「我不想去理解你為什麼這麼了解喚者的成就，總之要走就快走，在這閒話的話，不小心把那孩子吵醒了，就不擔心拖大半個人間陪葬？」林文不耐煩的說著。亞澈的狀況很不妙，如果此刻真的要跟罪業會對幹起來、讓亞澈掙脫夢境的話，大半個人間還是好的，真說起來搞不好禍延六界也不一定。

「呵，原本我還在擔心，覺醒了之後，位階等同於亞里斯皇，不受『王的誓典』的限制，他會陷入暴虐與殘殺的天性之中。」大祭司轉過身背對著林文，繼續說道：「現在看來，有你的牽制，我們應該是不用操這個心了。在我們迎接亞澈之前，就麻煩你幫我們照料了。別擔心，我們一定會前來迎接亞澈先生的，畢竟少了他，人間就沒有希望了。」

語畢的同時，所有罪業會成員腳下都發出璀璨的光輝，一同消失在眾人眼前。

「為什麼他們會知曉『王的誓典』……」琳恩的眼神首度露出詫異的情緒，深望著剛剛大祭司站立的位置，她突然打了個寒顫，也許事情的發展遠超過她和林文所設想的。

「林文，亞澈他……」由乃雙眼通紅的不斷流下淚水，但又深怕自己的哭聲吵醒了夢境中的亞澈。

「這下麻煩大了。」林文深深的嘆了口氣。

※　※◆※　※

亞澈張開了眼，眼神空洞的環顧著。

他不知道自己在哪裡，他的手沾滿無盡的鮮血，滿身血汗。放眼望去，除了骨骸就是廢墟。

灰藍色的天空中夾雜著靛紫色的閃雷，每一道閃光都讓他的精神為之晃動，每一聲雷霆都讓他的身子為之一震，彷彿淌著血不斷發炎的世界正不斷哀號著。

「我應該做什麼？」

凝視著自己滿是魔力翻騰的身軀，他突然忘記是為了什麼才讓自己變成這副模樣。

有些東西在自己沉浸於破壞的喜悅時，跟著一起被摧毀了。

他無法回想起來，不，可能是不敢去回想起來，他害怕一想起來他就會崩潰。

——但是隻身一人在這個空虛世界，這樣子似乎還不如崩潰吧？

他一想到此就將雙手掩著面，試著把自己的思緒拉回到過往，回想到深處。

這時，一隻手卻適時的從後方按住了他的肩。

他隔著手指的間隙，回頭一盼，雙眼瞠大著，不敢相信眼前的畫面。

「林文，我以為只剩我一個人了……我不知道怎麼了，我、我一回過神就來到這裡了……」亞澈支支吾吾的說著，惶恐和不安封存在他的雙眸內表露無疑。

林文露出苦笑，抓了抓頭皮，手指彈響了一聲，原先破敗的世界頓時消失，轉為由白色所占據的領域。

沒有上下，沒有左右，空間的定義在此刻蕩然無存，他們兩人就這樣飄浮在其中。

不知道是第幾次了，林文注視著亞澈的恐懼，就有一種看到過往自己的感觸。

智慧生物無一都有著野性與理性，只是隨著文明的發展，野性就像是黑暗般受到壓抑與仇視，不要狂暴、不要任性，要順應群體的發展與蓬勃，放棄自我做著為公眾利益而生的事。

——我們都是這樣被教育出來的。

林文輕然的嘆息著。

一旦露出自身的欲望，就會被人鄙視稱做自私，只有為眾人而活的人才會受到推崇，這就是文明走到盡頭的極致。

但其實生物的本能真的沒有這麼複雜，想生就生，想殺就殺，與其說是任意妄為，倒不如說是順應天性。

說來簡單，卻也沒有多少智慧物種做得到這種地步，因為規則是由群體所訂立出來的，違背了規則就代表違抗了群體。

而世界上沒有多少智慧物種可以有足夠的力量掙脫群體，所以沒有人可以真的順應本能而活。

大家都需要披著人的面紗，來控制住那心裡頭的野獸。

所以人間的法條多如牛毛，律政成為了帝王學的必須。

可以說智慧生物的一生，就是在理性與野性之間夾縫生存。

飢餓時，所湧出的掠食衝動要轉化成工作的動力，來換得自己的糧食果腹。

憤怒時，所冒出的破壞欲望要壓抑成虛假的言詞，以溝通來換取和諧。

很衝突卻也很真實。

所以當亞澈的力量高漲至天際時，林文幾乎窺見到那股骨子裡的瘋狂，瘋狂中的掙扎……鯨吞蠶食的把名為亞澈的自我給毀滅。

於是他在第一時間突破自身的極限，完成了四重開門，召喚了夢魘，將理智幾乎消失的亞澈送進了夢的世界中。

都破壞了。

只能說……幸好亞澈沒有注意到夢魘的出現。

沒有發現、沒有抗拒，亞澈才剛淪落進夢土中，就把方圓一公里內的所有夢境

「你記得自己是誰嗎？」林文關切的問道。

看著亞澈默然頷首，林文鬆下了一口氣。

這是他第十七次嘗試和亞澈溝通。前十六次在他一開口，連第二個字眼都還沒出口之時，他就被蠻橫的魔力絞碎成一地的幻影。

雖然只是在夢境中死亡，但連續死亡十六次絕對不是什麼愉快的體驗。不過，他完全沒有放棄的想法。

一方面可能是因為由乃那通紅的眼眸，苦苦哀求著夢魘希望能進入夢土的舉動，考量著亞澈在夢境中失手殺了由乃後，由乃的精神可能會跟著瓦解的情形下，他們只能由林文不斷的嘗試。

另一方面，自己怎麼可以就這樣拍拍屁股走人！亞澈是為了他才淪落成現在這

副模樣，若他真放棄了，別說琳恩她們會瞧不起自己，就是他自己也過不了自己心中的那道檻。

「我失去控制了對吧?除了你之外，大家都死去了嗎？」亞澈語氣空洞的說著，雙眼中盡是荒涼。

「笨蛋，大家都沒有事，有事的只有你!你幾乎謀殺了自己的精神，降格成純粹的野獸了。」

林文的手揮了開來，白色的夢境轉化成電視牆，播放著外頭真實的樣貌，所有人都圍聚在他們兩個人身旁，緊緊抓著亞澈和林文的手不放，為他們加油打氣。

看著由乃淚如雨下的模樣，亞澈的心扎痛了一下，他沉痛的說著：「我沒有想讓你們擔心，我只是……只是希望自己能夠幫上忙，希望我的聲音能讓所有人聽見，阻止那場荒謬的戰鬥。」

看著亞澈痛苦的神情，林文懸宕的心中大石終於完全放了下來。能夠同喜同悲，是理性的基礎基石。

「你的聲音確實讓所有人都聽見了，魔族們除了被燒傷戳傷之類的，我想應該沒有死半個，至於罪業會……就算便宜他們了。」林文不滿的哼了口氣。

「所以這裡到底是？」亞澈呢喃著。

「夢，一個被你毀了十六次的夢，只能說幸好你毫無防備，也可以說因為你幾乎要分崩離析的精神，才可以這麼容易帶你闖入夢境中，這是幸運，也是僥倖。」

林文聳聳肩，摸著亞澈的額頭，少了那對鹿角，他的手可以輕易的抓著亞澈的頭。他微笑著繼續說了下去：「我不知道希瓦娜到底做了什麼，我只能猜測她用了一個強大的封印，這個封印強大到連你的返祖血統也無法突破，所以你的外表才會和普通王族沒有差異可言。」

「只是如今你突破了那道封印，所以血統覺醒，你的鹿角和羽翼支離破碎。據琳恩所言，你和亞里斯皇的外觀，不論是腳下的光陣還是干擾生物的呼息，都如出一轍，別無二致。」

林文手輕拍了一下掌，鏡頭翻轉，亞澈的樣貌浮現了出來。

看著自己如今的樣貌，亞澈張著嘴完全無法相信，很像他收起羽翼藏匿鹿角的裝扮，但腳底下的光陣，即便他身處夢境也依然運行不墜。

「所以我回不去了？」亞澈愣了好一會，才默默的冒出這句。

「嗯，如此強悍的血統和天賦，真要封印的話，可能要湊齊六界之主才有可能，呵呵！」林文說著說著，自己都乾笑了起來。

六界之主為了一位魔族齊心協力封印？

怎麼想都不可能！他們大概巴不得這位魔族能夠自爆，最好還能把魔界搞得天翻地覆才是最好的！

「所以我只能永遠待在夢境了……」亞澈微微苦澀的彎起嘴角。

「等等？我說的『回不去』，是指樣貌回不去，至於要待在夢境還是現實，這是要由你自己來決定。」林文連忙搖手否認。

「我來決定？」亞澈皺眉疑惑的重複道。

「如果你的理智夠強悍的話，是可以控制住你的力量的，這一點絕對做得到。至少亞里斯就沒有把魔界搞得毀天滅地，他做得到，沒有道理你做不到。」林文笑咪咪的說著。

「可是我沒有時間，要是亞里斯花了幾十年才學會控制的話——」亞澈著急的說著，他不是擔心自己的時間，他擔心的是若自己自以為可以把持住，結果卻毀了真實世界的話，他承擔不起任何人因為他的疏忽而喪生。

「聽說過南柯一夢嗎？我可以讓你重新輪迴你的一生。如果一次不夠的話，兩次、三次，我們都能夠陪你等下去。」林文玩味的笑了。

「原來如此。」亞澈頓時懂了，他堅定的點下了頭。

林文深吸了一口氣，手指彈響，夢境再度轉變了。

他退出了夢境之中，因為接下來的……是屬於亞澈一個人的戰鬥。

※　※◆※　※

奶白色的陽光透過薄紗的窗簾灑落，照著亞澈那熟睡的臉龐。

結果過了那場混戰後的三天，亞澈還是沒有清醒過來。由乃在知道亞澈所做的決定之後，只是收拾了淚水，每天都在亞澈旁邊看護。

由乃經常放著莫札特的音樂，甚至偶爾會拿起兒童睡前刊物朗誦起來，只是常常唸著唸著就眼眶含淚，但她只是倔強的仰望著天空，不讓軟弱的淚水滑落，她說這樣會有種和亞澈一同戰鬥的感覺。

看著睡得緊皺眉頭的亞澈，林文小心翼翼的拍了拍夢魔的鬃毛。

「典籍中的南柯一夢不是就十分鐘嗎？該不會夢魔你的夢境時間特別緩慢吧？」林文不安的提問。

「盡信書不如無書。」夢魔白了個眼神，只丟回給他這句話，就繼續臥在亞澈的枕頭上了。

看著比他還要跩的夢魔，林文摸了摸鼻子，緩緩退出房門。

隨著夢境時間的拉長，其實最辛苦的是夢魔。

這種連綿不斷的夢境，只能說要不是因為夢魔的能力夠，其他夢魔早就先衰敗幻滅了。

「我知道這是一種培育精神強度的方式，但我不得不說這方式真的很——」琳恩話說到最後一個字，卻講不出口。

「爛。天知道，地知道，妳知道，我也知道，但原諒我只能想到這方式了。」

林文嘆了口氣，「不然妳有更好的見解，請說？」

琳恩只是扁了扁嘴，轉身走入廚房。

他其實清楚琳恩指的方面是什麼方面，這種強硬的讓精神長大的方式……天知道當亞澈回到現實時，裡頭的精神會不會是個老爺爺了？

只是他也真的沒有別的方法可以想啊！該死！

林文暴躁的抓了抓頭皮不斷哀號。

「別再抓了，再抓就禿了，本來就沒有什麼女人緣，就別再讓自己減分了吧。」琳恩端著兩杯咖啡走了出來，喊住了林文。

「我沒有女人緣是因為我宅好嗎！」林文嚴正的糾正琳恩的說法。

「宅……也不是什麼優點吧。」琳恩嘖嘖了幾聲，雙眼卻一點笑意都沒有，突然轉為正經道：「但有件事情我必須要跟你討論一下，所以你可以為了我先停止一下穴居生活嗎？」

穴居生活？林文腦海中瞬間跳出自己正拿著狼牙棒，穿著獸皮，圍繞著火堆歡呼的模樣。

「大小姐都發話了，小的怎能不聽。」林文怨怨的吐了口氣。

「大小姐咧——」琳恩冷哼了聲，將手中的咖啡優雅的放在了桌上，「我聽夢魔敘述了夢境中你跟亞澈的對話了。」

「嗯……然後？」林文挑了挑眉，這有什麼問題嗎？

「理論上來說，你講的並沒錯，但是那僅僅是人間，對於亞澈——」琳恩眼神突然精明的閃了閃，「不，應該說對於全魔族來說，他們從不需要理性去壓抑控制野性的。」

「不需要？等、等一下，我完全聽不懂妳的意思。」林文表情愣了愣，隨即露出困惑的樣子，雙眉緊緊皺在一團。

「接下來，我要講的事情，是我一直以為沒有人知道的真實，所以我原本也沒想過要向誰提起這件事。」琳恩輕啜了一口手中苦澀芬芳的咖啡，表情一派的認真嚴肅。

「所以為什麼現在又想提起這個？」林文的頭歪斜了一邊望著琳恩。

「因為罪業會竟然知道真相，這已經遠超過我的預料了。」琳恩沉默了片刻，才緩緩的沉吟道。

「所以真相是指？」林文好奇的眨動著眼。

「『王的誓典』，那是所有一切的開始。」琳恩表情抽了抽，隨即將盤緣上的奶精倒入咖啡中，攪動著咖啡。

看著黑棕與白如同深淵般攪和揉合，她緩緩的開口了……

※　※◆※　※

昏暗的藍光下，寂靜的長廊宛若冬眠的巨蛇般靜止無聲，兩側的不鏽鋼牆壁倒映出森冷的金屬感，可能不單單是金屬如此冰寒，而是有某種更為沉重讓人毛骨悚然的氛圍所致。

「叩叩」兩聲，李雲緩緩推開了沉重的金屬厚門，如此的厚重卻完全沒有激起半分的不協調嘎嘎聲，就可以說明此處保養得宜。

「大祭司，果然在此。」李雲看著眼前跪坐的大祭司，恭敬的彎了身腰行禮。

「只有我們兩個人在，就不用這樣子拘謹了。」大祭司擺了擺手，不耐煩道。

「是的，哥哥。」李雲嘴角勾動，他抬起身看著四面八方都是各種面孔的靈相，淡淡的眼神微黯了下。

若是讓魔族中的王族到此地，恐怕沒有高血壓也會腦中風，能夠掛在這間淨房牆上的人，都是已經被犧牲掉的魔族。每一位被犧牲的魔族，都會經由影像還原技術重新被掛在這裡弔祭。

雖然他們都很清楚，那些魔族根本沒有可供奉香火的靈魂了，但是歷代大祭司卻還是維持著這樣的習俗。

也許就是這間房舍的存在，才能夠提醒他們的罪孽有多深厚。

這裡是他們盡量逃避遠離的地方，因為他們沒有辦法抹煞掉自己的心，所以這間房間對他們來說真的太沉重了，也只有大祭司才會三天兩頭來到這裡撚香祭拜。

「哥哥，發生了什麼事嗎？」

李雲看著大祭司——也就是他的哥哥李末謁。

他很清楚，只有李末謁即將要做下什麼決定時才會特地來到此處，就像是為了確定過往的犧牲不會因此白費，而李未謁就是這樣用罪惡感逼著自己爬到罪業會的頂端。

「你應該有公事要跟我說吧？不然守門的也不會讓你進來。」李未謁的表情平淡無波，雖然是和自己的弟弟說話，但他彷彿是和影子對談般，沒有任何起伏，沒有任何親近。

「亞里斯的結界已經快瓦解了。」李雲似乎早已習慣如此漠然的語氣，「亞澈的覺醒應該是關鍵。」

「不關亞澈的事情，魔族他們自己忘記承諾，濫用秘法潛遁人間，亞里斯的結界本來就脆弱，如何禁得起這波摧殘？」李未謁蹙眉著繼續說道：「充其量不過是最後一根稻草罷了。」

「我看是最後一根原木吧。」李雲輕嘲著，只引動了李未謁的眉鬆了一瞬，他問道：「所以眼下真的是最後關頭了？」

「是危機也是轉機，至少到目前為止史實都沒有刊載錯誤，亞澈的覺醒證明了很多東西。」李未謁闔上眼，這情況至少證明了歷代大祭司的猜想無誤，「往好處想，亞里斯血脈的覺醒，只要我們獻祭成功……應該說是一定要成功！那麼就可以讓下一次神隱年往後推延個數千年也不一定。」

「可是也讓我們知道了先人們的疑慮不是空穴來風。」李雲嘆了口氣，捏緊著胸前的罪業會胸針，「就連資料中個性如此溫和的亞澈，在失去了『王的誓典』後，也淪落成殘暴的野獸了，其他魔族……更是完全不用猜想。」

「他們那個不叫做個性，沒經過半點理性與野性的掙扎，只是遵循著『王的誓典』而表現出來的行為，真要我評比，大概就只是人工智能系統的等級，一切都是由『王的誓典』規範好起點與終點，只有路途是他們能選擇的權利，這樣的一生，極其可悲。」李末謁戲謔的說著，眼底完全沒有半分的憐憫存在。

「我在想……或許我們可以參考喚者的方式，只要將魔族困在夢境中，即便結界潰敗，我們也還是能夠應對的。」李雲食指抵著唇，對著李末謁提出建議。

「你太天真了。」李末謁瞟了個眼神給李雲，眼底半分欣慰、半分無奈。他解釋道：「諸界中，只剩魔界的誓典存在，其他各界早已破敗，亞里斯的計畫最終也只是推延。眼下魔界人口約十二億人，其他四界加起來連兩億都不到，各界誓典的破敗所造成的衝擊根本沒有修復完成，真讓魔族殺到人間，只怕夢魔根本無力支撐夢境就湮滅了。」

「所以其他四界現在自身難保，人口數又只有人間贏。」李雲感嘆了，他知道各界重建艱困，但沒想到跟魔界已經是如此懸殊的比數了。

「贏了又能怎樣？一百億人口看似多，魔界只要來個一半的人口，六億多人就能把人間全滅了。」李末謁忿忿的說著，用力的甩了下手，狂亂的手影卻甩不掉那濃厚的無奈，「倒頭來我們在背地裡推波助瀾，幫助神界建立信仰，學習術法，也只是杯水車薪，根本無力招架。」

「所以……還是只能獻祭亞澈了。」李雲深吸了一口氣。又是無辜者的鮮血，他以為他早已習慣了，但每次卻還是難以忍受。

「沒錯。而且要快，時間所剩無幾。」李末謁仰著頭，看著牆上最高一排的靈相，那是沒有惡魔角的人類圖，其中穿雜著林嬅等人的頭像。

他寂靜了一瞬，猶疑和猜想在那一瞬交錯著，他還是開口了：「如果喚者阻止的話，就告訴他事實吧，讓他知道……他的阻止只會讓喚者家族的犧牲功敗垂成。」

「是，我知道了。」李雲重重的頷首。

※　※◆※　※

莊嚴的石砌高塔內，穿插其中的彩繪玻璃上所描繪的並非天使也非聖子，而是各種惡魔的歷史，若是讓梵蒂岡的從業人員來到這裡，大概會氣得拿十字架一一敲破吧。

如果魔界的人民看到眼前圍坐在會議桌旁的人物，必定會揉著雙眼，不敢相信眼前的組合吧。

沿著會議桌由左到右依序為：

殘暴之王——泰勒。

混亂之后——希瓦娜。

欺瞞之王——迦索。

妒忌之后——菈爾斯。

憎恨之王——厄翰。

惆悵之王——達茲。

以及坐在主位的絕望之王——蓋庫。

「希瓦娜！為什麼妳有兒子！」泰勒高大紅色的身軀拍桌站了起來，頂著一對碧綠的牛角，然而眼中所含的卻非怒火，而是狂喜……熾熱高漲的喜悅！

「重點不是兒子吧？泰勒……」迦索翻了個白眼。他身高並不矮，只是在泰勒身旁，一被他相襯，任誰都會顯得矮小了。他頭上的是一隻白潔的獨角，彷彿神話裡所描述的獨角獸般，奶油白的長捲髮絲，更是讓人直接聯想到獨角獸，「重點應該是為什麼妳兒子會是亞里斯的血脈？」

看著在場六個人——五王一后都轉過頭來緊緊盯著自己，希瓦娜泛起一抹笑容，「你們也說了他是我兒子，我應該沒有必要把我兒子的作為跟你們分享吧？難不成你們現在是在跟我盼著遲來的紅蛋與油飯？」

「希瓦娜，我們都相識好幾百年了，這種迷糊仗還是少打吧。」菈爾斯出聲了。她穿著一身華美的藍色長禮服，如漣漪般的蕾絲，沒有顯出一點幼稚感，反而增添了些許的圓潤感；她頭上頂著的並非角，而更像是深海生物的鰭，她的聲音細軟動人，足足可以讓在場的人都沉醉其中。

只可惜在場的人都並非凡魔。

平常莊重的萬魔會議，此刻變得像是菜市場阿婆八卦般，注目的重點無一鎖定在亞澈身上，被炮轟的希瓦娜只能恨恨的咬著牙，卻無處宣洩。

這事真的怪不了芽翼，雖然芽翼一回來就頂著滿身傷勢，上呈報告並且自請收押，但是她很清楚，這真的怪不得他。

只能說亞澈去了人間學壞了嗎？她很無可奈何。

眼下的八卦就隨他們嚷嚷去，可重點不是這些八卦，而是接下來的……

「所以……妳兒子，亞澈？」頭頂著黑曜石般色澤山羊角的厄翰，不確定的翻了翻手中的資料，確定正確後才清了清喉嚨繼續說了下去：「什麼時候要繼任『王的誓典』？」

來了……希瓦娜冷然的在臉上勾勒出微笑。

原先吵雜的會議廳，突然收聲收得一乾二淨，所有人都在等著希瓦娜的回應。

這個回應……影響的不單單只是魔界，視情況所影響的範圍可能擴及六界都不一定。

「……」

而希瓦娜脫口而出的話語，讓所有王族的臉色為之一變。

※　※◆※　※

林文聽著琳恩將各種錯綜複雜的資訊一股腦的全說了出來，他只能使勁的張大雙眼，汗顏的擦去額上的汗水。

「所以妳的意思是……魔族根本沒有用理智控制過野性？一切都只是仰賴那個什麼誓典？」林文感到一陣頭暈目眩的風暴襲來。

「是的，沒錯，賓果。」琳恩帶著笑意的不斷點頭，「你應該可以想像，未經磨鍊的理性遇到壓抑數十載的野性，會發生什麼下場吧？」

林文回想著亞澈當時在崩潰前夕的掙扎，他只能面露苦笑。哪有什麼掙扎？根本是兵敗如山倒，理性轉眼間就被野性碾碎壓爛，什麼樣的溫和待人都是過眼雲煙，瞬間就陷入殺紅眼的狀態。

看著林文神情複雜的沉思，琳恩的雙眼突然瞟向了門扉，她站起身無聲無息的走到房門口，輕柔的旋開門把，一臉平淡的看著門後緊緊用雙手摀住嘴的由乃。

林文張著嘴，完全不知手措的看著還處於震驚和懊悔交織神情下的由乃。由乃的身子還在顫抖著，但是她的雙眼卻異常的堅定，她的聲音因為無法停下的抖動而斷斷續續，但是這不妨礙她所想要表達的意思。

「……把一切都告訴我，琳恩……拜託妳……」由乃的雙眼炯炯有神的盯著琳恩，「這一次……我不要只能袖手旁觀了。」

「可以是可以，但不急於這一時。」琳恩雙手環抱著胸打量著由乃幾眼，搖了搖頭，「眼下睡王子快醒過來了，難道白馬公主不需要趕去迎接嗎？在王子養病的時候，我們的淑女時間可多得很呢。」

聽著琳恩的話語，由乃手中的雜物頓時落地，一馬當先的衝了進去，推開了門扉，恰恰好和亞澈的雙眸交錯。

那是夕陽西下的橙紅色，如殘破的火焰灑落在房間內，映出亞澈眼底的滄桑與成熟，和他青少年的外表一搭，突兀得讓人一覽無遺。

她的淚水如泉湧般的不停冒出，只能僵在原地完全說不出話來。

「我回來了。」亞澈淡淡的笑了。

由乃整個人直接撲了上去，緊緊攬住亞澈不放手，像是深怕放手後就再也看不見他似的。

看著亞澈沒有露出以往手足無措的樣子，林文和琳恩五味雜陳的帶上了門，退出了房間。

「我知道我成功了，但我卻沒有半點的喜悅。」林文仰天長嘆。

「我懂，他眼底的歷練表露無遺，但眼下真的時間所剩無幾了，而你的方法是最快速的方法。」琳恩嫣然一笑，邁步走到了窗前，將窗戶完全推了開來。

還是和房內一樣的夕陽景色，但看在琳恩的眼中卻又有所差異。

蒼穹之下，那理應呈現透明光亮完整的、神秘的人間大結界，此刻早已布滿了蛛網般的紋路，距離完全的崩塌碎裂也只剩一步之遙了。

望著琳恩凝重的神色，林文眨了眨眼，也跟著探頭出去看，但他卻什麼都沒有發現到，還是一樣稀鬆平常的落日，這到底有什麼好凝重的？

「亞理斯……你機關算盡，又可曾預料到這一步？」

琳恩望著只有極少數的人才能窺探到的結界，喃喃的提問著理應無人能回答的問題。

但某種東西卻彷彿回應著琳恩的問題，於同一時間點騷動了一瞬，在幽暗中、在深淵裡，在無人所能注目之處。

《召喚師物語．亞澈篇02召喚是混亂的根源》完

敬請期待《召喚師物語．亞澈篇03》精采完結篇！

novel M.貓子
illust 麻先みち
全套六集，全國各大書店、
網路書店、租書店，持續熱賣中！
松雅記事
系列
我家門前有狐仙
家教狐仙扮神探
狐仙愛的京都畫遊
愛與正義的狐仙
純情女友俏狐仙
狐仙幸福我來顧
物或妖怪報恩的故事，大家都耳熟能詳，
是……「幫狐仙報恩」是哪招？
冷面毒舌店長 遇上 天然純(蠢)真小狐仙
與狐仙纏綿悱惻的愛戀……
不、不對！是人類被狐仙拐騙當助手當男傭當飼主啊啊啊！
典藏閣
華文聯合出版平台
www.book4u.com.tw
采舍國際
www.silkbook.com
不思議工作室_
立即搜尋
版權所有© Copyright 2015

THE DEPUTY OF THE
GOD OF THE EARTH
IS IN PRACTICE.
執業中
Novel
佐維 Riv
代理土地公
超好康職業徵才
職務名稱：土地公
工作內容：坐在神桌上，傾聽客戶訴求，決定筊杯方向。
有沒有這麼爽!?
公司福利：月薪＋獎金，免費供吃住，配備超炫飛天枴杖。
《現代魔法師》作者佐維×插畫家Riv聯手出擊
代理土地公新鮮上任！
典藏閣
華文聯合出版平台
www.book4u.com.tw
采舍國際
www.silkbook.com
不思議工作室
立即搜尋
版權所有© Copyright 2015

飛小說系列131

召喚師物語・亞澈篇02

召喚是混亂的根源

出版者■典藏閣
作　者■鳥巢　繪　者■RURU
總編輯■歐綾纖
製作團隊■不思議工作室
郵撥帳號■50017206 采舍國際有限公司（郵撥購買，請另付一成郵資）
台灣出版中心■新北市中和區中山路2段366巷10號10樓
電　話■(02)2248-7896　傳　真■(02)2248-7758
物流中心■新北市中和區中山路2段366巷10號3樓
電　話■(02)8245-8786　傳　真■(02)8245-8718
ISBN■978-986-271-606-9
出版日期■2015年6月
全球華文國際市場總代理／采舍國際
地　址■新北市中和區中山路2段366巷10號3樓
電　話■(02)8245-8786　傳　真■(02)8245-8718
新絲路網路書店
地　址■新北市中和區中山路2段366巷10號10樓
網　址■www.silkbook.com
電　話■(02)8245-9896
傳　真■(02)8245-8819

☞您在什麼地方購買本書？☜

1.便利商店（______市／縣）：☐7-11 ☐全家 ☐萊爾富 ☐其他______

2.網路書店：☐新絲路 ☐博客來 ☐金石堂 ☐其他______

3.書店（______市／縣）：☐金石堂 ☐蛙蛙書店 ☐安利美特animate ☐其他______

姓名：______地址：______

聯絡電話：______電子郵箱：______

您的性別：☐男 ☐女　　您的生日：______年______月______日

（請務必填妥基本資料，以利贈品寄送）

您的職業：☐上班族 ☐學生 ☐服務業 ☐軍警公教 ☐資訊業 ☐娛樂相關產業 ☐自由業 ☐其他______

您的學歷：☐高中（含高中以下） ☐專科、大學 ☐研究所以上

☞購買前☜

您從何處得知本書：☐逛書店 ☐網路廣告（網站：______） ☐親友介紹
（可複選） ☐出版書訊 ☐銷售人員推薦 ☐其他______

本書吸引您的原因：☐書名很好 ☐封面精美 ☐書腰文字 ☐封底文字 ☐欣賞作家
（可複選） ☐喜歡畫家 ☐價格合理 ☐題材有趣 ☐廣告印象深刻 ☐其他______

☞購買後☜

您滿意的部份：☐書名 ☐封面 ☐故事內容 ☐版面編排 ☐價格 ☐贈品
（可複選） ☐其他

不滿意的部份：☐書名 ☐封面 ☐故事內容 ☐版面編排 ☐價格 ☐贈品
（可複選） ☐其他

您對本書以及典藏閣的建議______

______

______

✌未來您是否願意收到相關書訊？☐是 ☐否

✎感謝您寶貴的意見✎

印刷品

$3.5
請貼
3.5元
郵票

235 新北市中和區中山路二段366巷10號10樓

華文網出版集團　收

（典藏閣－不思議工作室）

召喚師物語

亞澈篇

鳥巢 NOVEL
ILLUST RURU

02 召喚是混亂的根源

☞您在什麼地方購買本書？☜

1. 便利商店（______市／縣）：☐7-11　☐全家　☐萊爾富　☐其他____________

2. 網路書店：☐新絲路　☐博客來　☐金石堂　☐其他_________

3. 書店（______市／縣）：☐金石堂　☐蛙蛙書店　☐安利美特animate　☐其他_____

姓名：__________地址：______________________________________

聯絡電話：__________電子郵箱：__________________________________

您的性別：☐男　☐女　　　您的生日：__________年__________月__________日

（請務必填妥基本資料，以利贈品寄送）

您的職業：☐上班族　☐學生　☐服務業　☐軍警公教　☐資訊業　☐娛樂相關產業

☐自由業　☐其他____________

您的學歷：☐高中（含高中以下）　☐專科、大學　☐研究所以上

☞購買前☜

您從何處得知本書：☐逛書店　☐網路廣告（網站：______________）　☐親友介紹

（可複選）　☐出版書訊　☐銷售人員推薦　☐其他______________

本書吸引您的原因：☐書名很好　☐封面精美　☐書腰文字　☐封底文字　☐欣賞作家

（可複選）　☐喜歡畫家　☐價格合理　☐題材有趣　☐廣告印象深刻

☐其他______________

☞購買後☜

您滿意的部份：☐書名　☐封面　☐故事內容　☐版面編排　☐價格　☐贈品

（可複選）　☐其他

不滿意的部份：☐書名　☐封面　☐故事內容　☐版面編排　☐價格　☐贈品

（可複選）　☐其他

您對本書以及典藏閣的建議______________________________________

____

____

未來您是否願意收到相關書訊？☐是　☐否

感謝您寶貴的意見

印刷品

$3.5
請貼
3.5元
郵票

235 新北市中和區中山路二段366巷10號10樓

華文網出版集團　收

（典藏閣－不思議工作室）

召喚師物語 亞澈篇

烏巢 NOVEL

ILLUST RURU

02

召喚是混亂的根源